김정자 수필집

장독대

김정자 수필집

장독대

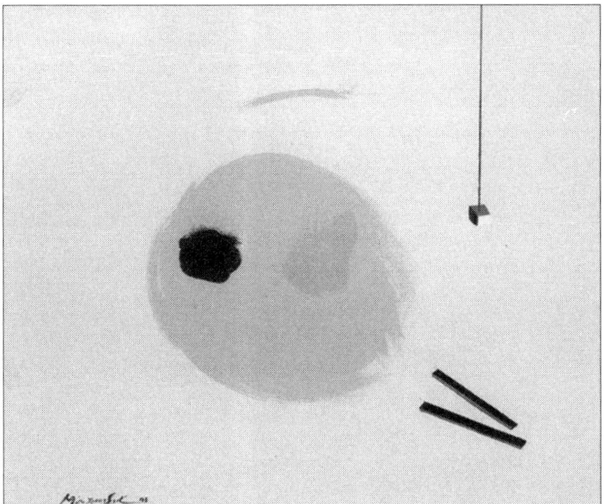

지구문학

수필집을 내면서

겨울 호숫가에 아련히 피어오르는 물안개를 보면서
아스라이 잊혀져가는 내 지나온 일들을 회상해 봅니다.

책갈피 속에 넣어두었던 단풍잎처럼
소중히 간직한 삶을 내 인생의 노을 앞에서
시간의 촉박함을 몸으로 느끼면서
돋보기 너머로 한 자 한 자 써 내려간 나의 편린들을
한 데 모았습니다.

내게는 무엇과도 바꿀 수 없는 보물이기에
부끄러움 접어 두고 이 글을 선보입니다.

4남매 키우면서 소박한 꿈 하나 함께 키운
그 소망을 이루어주신 하나님께 감사드립니다.
버팀목이 되어 준 가족들에게도 고마움을 전합니다.

2016년 2월

김 정 자

3부

4부

5부

6부

1부

⋮

장독대

공동우물

둥지

시계에 얽힌 이야기

예산의 추억

⋮

장독대

장독대는 주로 부녀자들의 영역이라 할 수 있다. 모든 음식이 장독대에서 나온다. 뿐만 아니라 할머니나 어머니들의 기도하는 곳이기도 하다. 가내 평안과 자식들을 위해서 정안수 떠 놓고 빌었던 곳도 장독대이다. 장독대 둘레에는 예쁜 채송화 맨드라미 봉숭아꽃이 피어 있어서 손에 꽃물들였던 기억은 오랜 세월이 지나도 어제같이 생생하다. 그리고 옛날부터 집안에 우환이나 안 좋은 일이 있으면 간장이 뒤집어져서 못 먹게 된다고 했다.

장독대

내가 어릴 때, 우리 집 뒤뜰에는 햇볕이 잘 든 곳에 평지보다 조금 높게 터를 닦아 언제나 정갈하게 정돈되어 있는 장독대가 있었다. 거기에는 크고 작은 항아리, 옹기들이 각각 우리나라 고유의 기본이 되는 먹거리를 담고 있었다.

그 시절 입춘이 지나고 나면 우리 집에서는 정월 간장을 담갔다. 할머니랑 엄마의 부산한 손놀림이 바쁘게 움직이셨다. 일찍 담가야 소금도 절약되고 늦게 담그면 소금도 더 들어간다고 했다.

정월에 간장을 못 담은 사람들이 2월에 담고, 3월에 담는 간장은 제사 때, 못 쓴다고 했다. 나는 어려서 그 뜻을 헤아리기 어려웠다.

그리고 음력으로 닷샛날이 들은 날에 담으면 간장이 달고, 엿샛날이 들은 날에 담그면 엿같이 달다고 했다.

그런데, 내가 커서 결혼을 해서 간장을 담글 때는 말(馬)날 담가야 한다고 해서 달력을 보고 말(午)날을 찾아 담곤 했다.

그 때, 된장 담은 항아리 속에는 붉은 건고추와 숯 참깨를 넣어 새끼줄로 항아리를 두르고 거기에 고추와 숯 솔가지를 군데군데 꽂고 버선본을 한지韓紙에 그려 오려서 거꾸로 붙이고 한문으로 달 감(甘)자를 써서 붙였다. 어릴 때 기억이지만 내가 크도록 그렇게 우리 집에서는 간장을 담갔다.

장독대 뒷동산에는 감나무랑 대나무 밭이 있었다. 바람이 부는 날 밤에는 대나무의 서걱거리는 소리가 너무나 무서웠다. 어디선지 귀신이라도 나올 것만 같아 오금이 저리곤 했다.

장독대에는 항아리마다 묵은 간장을 비롯해서 고추장, 된장, 들깻잎 장아찌, 마늘쫑 장아찌, 더덕을 자근자근 두드려서 면자루에 넣어 고추장에 곁들인 밑반찬, 작은 양파를 까서 물기를 말린 다음 간장 항아리에 담은 장아찌, 딸들은 친정어머니에게 이 모든 것을 배우고 손맛을 익히는 것이 그 시절 우리네 내려오는 풍습이었다.

그리고 어려서 먹던 식습관이 커서까지 영향을 준다고 했다. 어려서 고기를 많이 먹고 자란 사람은 커서도 고기를 즐기고, 채소를 먹고 자란 사람은 그대로 이어지는 것이 다반사다.

요즘에는 음식문화가 발달하다 보니 식성도 많이 바뀌었다. 내가 어릴 때 안 먹던 것도 나이가 드니 때로는 먹는 음식이 많아졌다.

장독대는 주로 부녀자들의 영역이라 할 수 있다. 모든 음식이 장독대에서 나온다. 뿐만 아니라 할머니나 어머니들의 기도하는 곳이기도 하다. 가내 평안과 자식들을 위해서 정안수 떠 놓고 빌었던 곳도 장독대이다.

장독대 둘레에는 예쁜 채송화 맨드라미 봉숭아꽃이 피어 있어서 손에 꽃물들였던 기억은 오랜 세월이 지나도 어제같이 생생하다. 그리고 옛날부터 집안에 우환이나 안 좋은 일이 있으면 간장이 뒤집어져서 못 먹게 된다고 했다.

내가 춘천에서 살 때, 어느 날 간장이 뒤집어져서 부글거렸다. 그 까맣던 간장이 흙탕물 같이 변했다. 나는 너무나 놀라 불길한 생각이 들며 걱정했다. 그런데, 아니나 다를까. 그 때 내가 아기를 자연유산하고 남편은 화천으로 좌천 발령을 받았다. 미신 같은 이야긴데 어찌하여 나쁜 일이 꼭 들어맞다니……. 내게 그런 일이 일어날 줄은 꿈에도 몰랐다.

어른들에게 여쭈어 보니 방법을 알려주었다. 갱엿을 큰 덩어리 째 간장 항아리에 넣고 마른 북어를 통째로 거꾸로 넣으면 간장 맛이 정상적으로 돌아올 수 있다고 했다. 나는 역시 미신 같은 방법으로 어른들 말씀대로 그렇게 했다.

그런데 이게 웬일인가? 얼마 만에 열어 보니 감쪽같이 원상대로 검은 간장이 되었고 맛도 옛날 맛이었다.

지금은 아파트 생활에 집에서 간장 담그는 일은 드물고 마트나 시장에서 사다 먹는 사람이 많다. 나도 아파트에서 살면서 간장 대주는 고마운 분이 있어서 안 담그고 살다가 작년에 시골에 메주를 부탁해서 모처럼 담가 먹었다.

아무리 편리한 세상에 살고 있지만 된장 고추장은 옛날식으로 담가 먹는 것이 우리 나이든 사람에게는 향수이며 더불어 입맛에도 맞는다.

요즘은 장독대의 개념도 우리의 어릴 때 향수처럼 아련한 그리움으로 내 가슴에 자리 잡고 있다.

공동우물

우물가는 사연도 많았다. 동네 소문이란 소문은 다 이 곳에서 엮어져서 입에서 입으로 전해진다. 그러다보면 나중에는 아무 것도 아닌 내용이 눈덩이처럼 커져서 더러는 싸움도 벌어진다. 누구네 숟가락이 몇 개인지 사발이 몇 개인지, 누구네 제사는 언제이고, 또 누구의 생일은 언제인지 본인들보다 동네 사람들이 먼저들 알고 법석이었다. 가난한 시절이라 누구네 제사나 누구의 생일을 손꼽아 기다렸다. 그리하여 제사 밥 얻어먹고 생일 때 음식이라도 조금씩 나누어 먹는 것이 시골 인심이고 인정 어린 그 시절의 풍습이었다.

공동우물

한여름 무더위가 기승을 부리더니 아침부터 후덥지근하다. 비라도 한바탕 쏟아졌으면 좋겠다 싶었는데 갑자기 옛날 공동우물이 생각났다.

집집마다 우물이 없던 시절, 시골 우리 동네 가운데에 공동우물이 있었다.

그 우물가는 항상 붐볐다. 날만 새면 할머니, 아주머니, 애기엄마, 처녀할 것 없이 거의 여자들이 모여 둘러앉아서 보리쌀 씻는 사람, 열무 씻는 사람, 세수하는 사람, 온갖 것들을 다 가지고 와서 씻고 퍼가고 하는 바람에 우물가는 물마를 날이 없었다. 아낙네들의 손놀림으로 우물가는 항상 분주했다. 동네에서 우물이 하나다 보니 그나마 게으른 사람은 자리를 차지하기도 어려울 정도로 우물가는 항상 만원이었다.

우물가는 사연도 많았다. 동네 소문이란 소문은 다 이 곳에서 엮어져서 입에서 입으로 전해진다. 그러다보면 나중에는 아무 것도 아닌 내용이 눈덩이처럼 커져서 더러는 싸움도 벌어진다. 누구네 숟가락이 몇 개인지 사발이 몇 개인지, 누구네 제사는 언제이고, 또 누구의 생일은 언제인지 본인들보다 동네 사람들이 먼저들 알고 법석이었다. 가난한 시절이라 누구네 제사나 누구의 생일을 손꼽아 기다렸다. 그리하여 제사 밥 얻어먹고 생일 때 음식이라도 조금씩 나누어 먹는 것이 시골 인심이고 인정 어린 그 시절의 풍습이었다.

한편, 동네 사람들이 모두 한 우물을 먹다 보면 물이 딸릴 때가 많다. 그리고 두레박줄이 짧아서 두레박을 곧잘 빠트리곤 했다. 그럴 때면 갈고리가 달린 막대기를 넣고 우물을 한 바퀴 휘저어 두레박을 꺼내곤 했다.

가을이면 우물가에는 김장 항아리를 우리느라 물을 가득히 부어 나란히 세워 놓는다. 그래도 누구 하나 그 항아리를 가져가는 사람이 없다. 오히려 '이것은 누구네 것, 저것은 누구네 것' 하며 동네 사람들이 다 알고 서로 챙겼다. 가난한 시절임에도 이웃 간의 정만큼은 두터웠다.

1년에 한 번 좋은 날 받아서 우물을 대청소하는 날이면, 동네 사람들이 모두 나와서 합심하여 물을 다 퍼내고, 한 사람이 우물 속으로 들어가서 청소를 하다 보면, 고무신 한 짝, 찌그러진 깡통 등 별의 별

것이 다 나오곤 하였다. 우물 청소를 마친 다음에는 마을 대표가 제를 올린다. 상위에 정갈한 쌀을 올려놓고 동네 안위를 위해 빌고 또 빈다. 온 동네가 물 마르지 않고 먹을 수 있도록 제를 올리며 그날은 연중행사로 축제의 날이 된다.

지금은 수도꼭지만 틀면 물이 줄줄 나오고, 뜨거운 물과 찬 물이 아쉬운 것 없이 나오니 옛날 그때 그 시절은 동화 속의 한 장면이 된 것 같다.

우물가 근처 콩밭에서 연한 열무 뽑아다가 우물가에 나란히 앉아 씻어서 김치를 담그며 서로의 아픔과 기쁨을 나누면서 그렇게 살았던 지난 시절이 그립기만 하다.

문명의 발달로 모든 것이 편리해진 세상이지만 앞집에 누가 사는지 눈 한 번 마주치지 않고 사는 요즘의 삶이 각박하기만 하다.

둥지

때가 되어 남편이 퇴직을 했다. 출근할 일도 퇴근할 일도 없어 구태여 서울에서 살 필요가 없다고 생각한 우리는 공기 좋은 용인 수지에서 살다가 민속촌이 있는 아파트에 정착을 했다. 처음에는 모든 것이 불편했지만 공기가 좋아서 떠날 마음이 없었다. 지금은 같은 아파트 단지에서 우리 집을 중심으로 뒤쪽 306동에서 막내딸이 살고, 큰 아들도 부모님 모시고 근처에 살아야 한다고 한 단지 안에 살고 있다. 캐나다에 있던 큰 딸도 이곳 아파트로 이사 와서 모두 5분 거리에 살고 있으며 맛있는 음식 나누면서 오손도손 살고 있다. 미국에 있는 둘째 아들만 빼고 말이다.

둥지

철없던 시절 가난하고 초라한 신혼생활은 철의삼각지대인 철원에서 시작했다. 그곳은 포성이 훑고 간 자리에 흙벽돌로 지은 집들이 동네를 이루고 있었다.

나는 남편의 근무지인 강포리 검문소 근처 마을 회관에 붙은 방 한 칸을 얻어 세를 살았다. 부엌도 제대로 안 된 이곳에 사과 궤짝 놓고 수저 두 벌로 소꿉장난 같은 신혼살림은 어설프기 짝이 없었다. 그곳 겨울은 몹시 추웠다. 방안에 있는 요강이 꽁꽁 얼을 정도이니 말로 표현할 수 없었다.

지금처럼 오리털이나 방한복이 있던 시대도 아니다. 설한풍의 추위와 가뭄으로 물지게를 지고 부대 안으로 물 길러 가는 길은 왜 그렇게 추운지 손이 터져 피가 나기도 했다. 추위를 견디다 못해 이웃에 사는 옥경이네 가운데 방으로 이사를 했다. 부엌도 같이 쓰고 밥도 그 집 안방에서 같이 먹으며 살았다. 물질보다는 정신적인 사랑만이 전부였던 우리는 배가 고프고 없어도 서로의 이상과 희망을 이야기하며 꿈을 위해 살았던 젊은 날의 삶이었다.

얼마 후, 남편의 전근 발령으로 철원에서 춘천으로 이사를 했다. 사람은 시골에서 살면 시골뜨기, 도회지에서 살면 도회지 사람이 된다는 말이 맞는 말인 것 같다. 서울에서 학교 다녔던 내가 그 동안의 시골 생활에 촌뜨기가 다 되었다.

춘천으로 오니 별천지였다. 밤에 버스에서 내리니 이곳이 서울인가 하는 착각이 들 정도로 눈이 번득거렸다. 우리는 약사동에 셋방을 얻어 그런대로 살 만했다. 이곳에서 첫 아이를 낳아 가슴에 묻고 이어서 딸을 낳아 기르며 효자동에 땅을 빌려 13평짜리 비둘기 같은 집을 지었다. 1년에 쌀 한 가마 도지(임대료)를 내면서 도배부터 모든 것을 내 손으로 하고 대문에 페인트칠이며, 마루에 황토흙 바르고 콩을 찧어서 들기름 섞어 광택을 내며 우리의 첫 둥지를 틀었다.

그 후 여러 곳을 전전하면서 서울 옥수동에 네 번째 둥지를 틀고 그곳에서 우리 아이들 모두 대학 마치고 시집 장가보냈다. 그러는 동안 시어머니를 37년 모셨다. 얼마 후, 어머님이 돌아가시고 우리 부부만이 쓸쓸하게 남게 되었다.

때가 되어 남편이 퇴직을 했다. 출근할 일도 퇴근할 일도 없어 구태여 서울에서 살 필요가 없다고 생각한 우리는 공기 좋은 용인 수지에서 살다가 민속촌이 있는 아파트에 정착을 했다. 처음에는 모든 것이 불편했지만 공기가 좋아서 떠날 마음이 없었다.

지금은 같은 아파트 단지에서 우리 집을 중심으로 뒤쪽 306동에서 막내딸이 살고, 큰 아들도 부모님 모시고 근처에 살아야 한다고 한 단지 안에 살고 있다.

캐나다에 있던 큰 딸도 이곳 아파트로 이사 와서 모두 5분 거리에 살고 있으며 맛있는 음식 나누면서 오손도손 살고 있다. 미국에 있는 둘째 아들만 빼고 말이다.

지금 우리 아이들은 나름대로 각자 크고 작은 둥지를 틀고 나의 레이더망에서 행복하게 살고 있다.

시계에 얽힌 추억

내가 철없이 좋아하던 피난살이가 언제까지 지속될지 모르던 그 때, 이웃에 우리와 사상이 다른 친척 아저씨가 있었는데, 그 아저씨가 하시는 말씀, 형님(피해 있는 우리 아버지)이 잡히더라도 고위층에 무엇(뇌물)이라도 주면 살 수가 있다고 하자, 우리 엄마가 아끼시던 시계 2개를 선뜻 내주었다. 하나는 금시계이고 하나는 백금시계였다. 어려운 그 시절에 우리 집에 그런 시계가 있었다는 것을 보면, 유족한 편인 것 같았다. 그러나 9.28 수복이 되자, 아저씨는 6.25때, 그 사람들에게 협력한 죄로 처형을 당했고, 시계는 간 곳이 없었다.

시계에 얽힌 추억

내 어릴 적에는 시계가 드물었다. 1950년, 그 때는 잘 사는 몇 집만이 커다란 벽시계가 있을 뿐, 보통 집에는 시계가 없었다. 시간을 알려고 할 때는 시계 있는 집으로 가서 "지금 몇 시예요?" 하고 묻곤 하였다. 어릴 때, 시계를 자랑하기 위해서 시계 찬 손을 들어 머리가 아프다는 시늉을 했다는 말이 있다. 그리고 우리가 어렸을 때, 시계는 나이 든 아버지나 어른들이 차는 걸로 알고 있었다.

6.25 전쟁이 일어날 때, 나는 초등학교 5학년이었다. 그 때만 해도 자주 이사 가는 집이 없었다. 대대로 내려온 정해진 그 집에서 낳아 늙어 죽을 때까지 한 집에서 살았다. 자식을 낳아 그 아이가 성장을 해서 결혼을 할 때는 앞동네나 이웃으로 솥단지하고 숟가락 몇 개 사발 몇 개해서 분가를 시키곤 했다. 당시 3,4월 긴긴 해는 보릿고개로 인하여 집집마다 아침저녁 끼니도 어려웠다. 점심 먹는 집은 몇 안 되고 감자나 옥수수 같은 군것질로 끼니를 때우기도 하였다.

나는 어려서 6.25사변 때, 피난 가는 것이 좋았다. 내 집을 떠나 다른 집으로 가는 것이 이사 가는 것만큼 설레곤 하였다. 얼마나 철없고 한심한지 지금 생각해도 어이가 없다. 아버지가 우리 식구만 남기고 남쪽으로 정처 없이 떠나신 후, 나는 동생 둘과 할머니, 엄마, 다섯 식구가 엄마의 지인知人인 인지면 풍전리 노씨 집으로 피난을 갔다.

전쟁 중에 우리 집은 민청 사무실로 압수되었고, 언제까지나 노씨 집에 있을 수도 없었다. 우리와 같이 사는 그 집이 불이익을 당할까봐 얼마 후, 큰어머니 댁으로 옮겼는데, 문 밖으로 나가지도 못하는 처지였다. 나는 그 때, 밥하는 법, 절구에 방아 찧고 키질하는 법, 물지게로 물 길어 나르는 법을 배웠다. 키가 작아서 절구 앞에 돌을 올려놓고 그 위에 올라서서 방아를 찧곤 하였다.

내가 철없이 좋아하던 피난살이가 언제까지 지속될지 모르던 그 때, 이웃에 우리와 사상이 다른 친척 아저씨가 있었는데, 그 아저씨가 하시는 말씀, 형님(피해 있는 우리 아버지)이 잡히더라도 고위층에 무엇(뇌물)이라도 주면 살 수가 있다고 하자, 우리 엄마가 아끼시던 시계 2개를 선뜻 내주었다. 하나는 금시계이고 하나는 백금시계였다. 어려운 그 시절에 우리 집에 그런 시계가 있었다는 것을 보면, 유족한 편인 것 같았다. 그러나 9.28 수복이 되자, 아저씨는 6.25때, 그 사람들에게 협력한 죄로 처형을 당했고, 시계는 간 곳이 없었다.

그 후, 우리 집에는 벽시계만 있었다. 시간을 재고 시각을 나타내는 우리 생활에 꼭 필요한 시계. 어릴 때 부모님이 학교 가라 하시면 얼른 그 시계를 보고 학교에 갔다. 중학교, 고등학교를 졸업할 때까지 지각 한 번 안 하고 불편한 것 모르고 지냈다. 그러나 시계가 없는 집 아이들은 지각하는 학생이 많아 교문 안으로 들어오지 못하게 규율부가 있어서 제지하고, 방과후에 청소를 하도록 엄격하였다.

대학교에 들어가자 아버지께서 나에게 선물로 시계를 사 주셨다. 그때서야 처음으로 내 손목에 시계를 차고 학교에 다녔다. 지금은 스마트폰 발달로 아무 데서나 시간을 알 수 있고, 궁금한 것은 무엇이든지 금방 알아볼 수 있는 세상이라 시계의 필요성이 없는 것 같다.

전동차 안이나 버스 안, 심지어 길에서까지 고개 숙이고 스마트폰을 보는 사람들이 많다. 앞에 누가 있는지도 모르는 채, 양보하는 미덕도 없어진 지 오래인 세상이다.

문명이 발달하면 할수록 그 문명에 우리가 오히려 불이익을 당하며 사는 세상은 아닌지!

지금 생각하니 어수룩한 옛날이 한결 정겨웠던 것 같다.

예산의 추억

가을에는 능이버섯이랑 갖가지 먹을거리가 많다. 지금은 마트나 슈퍼 같은 곳이 많이 생겨 편리한 세상이지만, 그 시절에는 5일장이 있었다. 나는 시골 재래시장을 좋아했다. 장날이 오면 시장 입구에서부터 푸성귀, 가지, 호박 오이 파를 조금씩 가지고 나온 아낙네들에게서 풋풋한 인정과 삶을 느낀다. 옥수수 한 소쿠리 쪄 가지고 와서 파는 그 아낙의 모습에서 아이들 학용품이 떠오르고, 고등어자반을 사가지고 가는 그들의 뒷모습은 그 옛날 내 어린 시절의 향수 같은 것이었다.

예산의 추억

10여 년 전에 남편 직장 따라 예산에서 산 적이 있다. 산 설고 낯 설은 고장이었다. 충절의 고장인 예산은 매헌 윤봉길 의사와 추사 김정희 선생의 생가가 있어서 매년 이곳에는 그들을 기리는 행사가 열렸다. 부녀자들의 널뛰기, 그네뛰기, 갖가지 행사 속에 그들을 기리는 이 고장의 잔치이기도 하다.

농사지으며 힘들게 사는 그 고장 아낙네도 그 날만큼은 모두 참석하여 갖가지 음식으로 고단한 몸을 쉬게 하고 마음의 활력소 역할을 하기도 한다.

처음 그곳에 가니 남편 직장 동료 부인들이 나에게 윷을 가지고 왔느냐고 물었다. 나는 무슨 소리인가 의아했다. 알고 보니, 그들은 특히 여자들은 모여 앉으면 흔히 남의 얘기를 하는데, 그러지 않고 편 갈라서 윷놀이를 한다고 한다. 재미도 있지만 쓸데없는 말이나 화투 같은 것은 하지 않는다고 하였다.

나는 그 말을 들으면서 충절의 고장답게 그녀들의 일상의 모습에서 좋은 고장이라 생각했다. 그래서 가끔 남편 직장 부인들과 윷놀이를 하면서 유대를 가졌다. 뿐만 아니라 나는 우리 남편 직장 가족들과 친목을 도모하는 의미에서 예형회라는 모임을 만들었다. 예산이라는 예도 예, 반딧불 형, 모일 회, 禮螢會!

우리는 한 달에 한 번 만났다. 차례가 오면, 각조로 나누어 반찬 한 가지씩 만들어 와서 가지고 온 반찬과 함께 밥을 나눠 먹으며 친목을 도모했다. 돈도 덜 들고 일석이조인 것 같아 웃음꽃 핀 윷놀이가 한결 즐거웠다. 시골의 인심답게 나눠 먹는 음식도 꽤 쏠쏠하고 서로의 손맛을 느낄 수 있어 좋았다. 그리고 그 예산에서의 1년 동안은 내 생애에 영원히 잊을 수 없는 추억으로 남았다.

가을에는 능이버섯이랑 갖가지 먹을거리가 많다. 지금은 마트나 슈퍼 같은 곳이 많이 생겨 편리한 세상이지만, 그 시절에는 5일장이 있었다. 나는 시골 재래시장을 좋아했다.

장날이 오면 시장 입구에서부터 푸성귀, 가지, 호박 오이 파를 조금씩 가지고 나온 아낙네들에게서 풋풋한 인정과 삶을 느낀다. 옥수수 한 소쿠리 쪄 가지고 와서 파는 그 아낙의 모습에서 아이들 학용품이 떠오르고, 고등어자반을 사가지고 가는 그들의 뒷모습은 그 옛날 내 어린 시절의 향수 같은 것이었다.

시장 골목을 누비고 다니며, 이것저것 눈에 들어오는 것마다 그 어느 백화점 상품보다 싱싱하고 풋풋했다.

나는 어릴 적 먹어 보았던 송홧가루랑 개암, 나문쟁이도 샀다.

시골의 장날이 아니면 맛볼 수 없는 것이기에, 시장 뒷골목 어디쯤에서 도토리묵을 앞에 놓고 앉아서 주름진 얼굴로 하얗게 미소 짓는 할머니 얼굴이 꼭 내 할머니 모습 같아 멈칫 서서 도토리묵을 샀다. 그 옆 좌판에는 냉콩국수랑 국말이 밥도 있었다.

막걸리 한잔에 얼큰하게 취한 할아버지의 콧노래에 베잠뱅이 지게 진 어릴 때 순이 아버지 생각도 났다. 길가에 고무신 때우는 아저씨도 있었다.

이렇듯 대대로 어려웠던 우리네 살림살이! 창이 너덜거리는 신발을 신고 다녀야 했던 가난이 지금은 문명의 발달로 촌에서 구두나 시계쯤은 흔해빠진 것이 되었지만, 그래도 아직 우리네 살림은 어렵고 힘들기만 하다.

고추 심어 두엄에 버리고 돼지 소 값 떨어져 울며, 자식들 공부시켜 보려고 이농을 하며 도시로 떠나는 그들이 어찌 어제 오늘인가.

하루 벌어 하루 사는 생활이 아직도 달동네로 불리워진 산동네가 많으며 새벽부터 밤까지 벌어도 모자라 허리띠 졸라매고 어린 것 라면으로 끼니 때우는 사람들이 우리 주위에 많다는 것을 안다.

정치하는 사람들의 앞가슴에 단 금배지가 무색한 그들의 정치 작태가 한심하고 난장판으로 일관된 선거장 유세가 모든 사람들의 얼굴을 찌푸리게 하지만 아직도 맡은 분야에서 말없이 일하는 일꾼들이 있고 내 이웃을 사랑하는 사람들이 있기에 이 사회는 살 만한 세상인 것 같다.

나는 오늘 문득, 예산의 추억을 회상하며 모처럼만에 그리운 향수에 젖어본다.

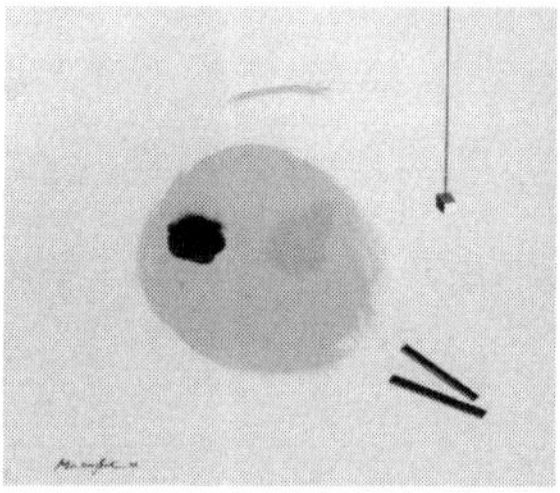

2부

⋮

벽

진주엄마

내 생일

전우야 잘 자라

편지

⋮

벽

사람이 살다 보면 어찌 벽이 생기지 않으랴. 바람을 막는 벽보다는 사람과 사람 사이의 보이지 않은 벽이 생기지 않도록 해야 한다. 자기 혼자만의 생각으로 남을 미워하고, 오해하고 원수지며 사는 것은 바람직하지 못하다. 섭섭한 일이 있으면 시간 끌지 말고 바로 허심탄회하게 이야기를 하고 평화롭게 풀어야 한다. 벽이 없어야 한다. 소통이 잘 되어야 한다. 벽이 없어야 우리가 지향하는 행복한 삶이 되리라 믿는다.

벽

1950년, 우리 집 안방 벽에는 부엌 쪽으로 유리창이 있었다. 그곳에 백열전구를 달아 놓아 부엌까지 환하게 비추이곤 하였다.

그 때는 밤 12시만 되면 전기가 나갔다. 그래서 대비로 집집마다 초나 호롱불 같은 것이 준비되어 있었다.

사기등잔, 함석이나 깡통으로 만든 등잔이 있었다.

석유로 불을 붙이기도 하고, 초를 켜기도 했다. 또 한지로 심지를 꼬아서 그릇에 담고 들기름을 부어 불을 켜서 어둠을 밝히기도 하였다. 더 훤하게 불을 밝히려고 쌍심지를 만들어 사용하기도 하였다.

그런데, 어쨌든 내 어린 시절에는 밝고 환하게 살아온 기억이 별로 없다. 그래서 저녁에는 일찍 자야 했다. 어스름하게 비친 전구로 부엌일을 하기 때문에 저녁도 일찍 해서 먹는 습관이 집집마다 항용 있는 일이다.

우리 집 안방 윗목에는 문이 네 짝으로 되어 있다. 평상시는 벽이지만 여름에는 그 문을 위로 올려 천정에 매달아 고정시키면 안방이 시원하고 넓은 공간이 되었다.

먹감나무로 된 대청마루에 그네를 매고 놀던 어린 시절은 요즈음 놀이터 그네와는 사뭇 다른 느낌이 있다.

한편 벽은 사람이 인위적으로 공간을 차단하는 방음벽이 있는가 하면, 보이지 않는 인간과 인간 사이의 벽도 있다.

부모와 자식 간의 벽, 부부 간의 벽, 형제 간의 벽, 친구와의 벽, 서로 모르는 사람들 간의 벽, 사상과 이념의 벽, 이 세상에는 헤아릴 수 없는 벽이 얼마나 많은가? 원대한 꿈을 안고 전진할 때, 암담한 벽에 부딪힐 때의 벽! 또는 사람이 서로 마주앉아 있으면서도 상대편이 지금 무슨 생각을 하고 있는지… 어떤 마음인지… 알 수 없는 벽이 있는가 하면 백화점이나 상가 윈도우에 진열되어 있는 화려한 의상, 멋있는 구두, 액세서리 등 여자의 마음을 유혹하는 것들이 훤히 들여다보이는 유리벽도 있다.

물론 사람의 속마음도 유리벽처럼 속이 내다보이는 때가 있다.

사람이 살다 보면 어찌 벽이 생기지 않으랴. 바람을 막는 벽보다는 사람과 사람 사이의 보이지 않은 벽이 생기지 않도록 해야 한다. 자기 혼자만의 생각으로 남을 미워하고, 오해하고 원수지며 사는 것은 바람직하지 못하다.

섭섭한 일이 있으면 시간 끌지 말고 바로 허심탄회하게 이야기를 하고 평화롭게 풀어야 한다. 벽이 없어야 한다. 소통이 잘 되어야 한다. 벽이 없어야 우리가 지향하는 행복한 삶이 되리라 믿는다.

진주 엄마

내가 그녀를 만난 것은 옥수동 아파트 상가 옷가게에서였다. 진주 엄마와 나는 나이 차이도 있고, 내 몇째 동생쯤 되는 사람이다. 한 번 만나고 두 번 만나다 보니 꾸밈이 없고 참 착실하게 사는 사람 같아서 친하게 지냈다. 사람은 누구나 차별 안 하고 진심으로 대하는 것이 중요하다고 본다. 아무리 좋은 옷을 입었다 해도 그 사람에게서 풍기는 것은 속일 수가 없다.

진주 엄마

"아줌니! 진주 엄마유?"

수화기를 통해 들려오는 목소리는 음성만 들어도 누군지 금방 알 수 있다. 진주 엄마는 고향이 여주라 했다. 어려서부터 가난한 집에서 자라고 나이 차이가 많은 사람과 결혼하여 슬하에 딸 셋을 두고 참 열심히 사는 사람이다. 남의 집 일을 도우며 애기도 키워주고 살림을 도맡아 해주는 부지런한 사람이다.

내가 그녀를 만난 것은 옥수동 아파트 상가 옷가게에서였다. 진주 엄마와 나는 나이 차이도 있고, 내 몇째 동생쯤 되는 사람이다. 한 번 만나고 두 번 만나다 보니 꾸밈이 없고 참 착실하게 사는 사람 같아서 친하게 지냈다. 사람은 누구나 차별 안 하고 진심으로 대하는 것이 중요하다고 본다. 아무리 좋은 옷을 입었다 해도 그 사람에게서 풍기는 것은 속일 수가 없다.

그녀는 나를 좋게 보았는지 해마다 된장을 한 통씩 주어 신세를 지며 살았다. 그럴 때마다 나는 빈 통을 그냥 줄 수가 없어서 커피도 한 통 넣을 때도 있고, 과일을 담아 보낼 때도 있다. 된장을 퍼서 누구에게 주기란 그리 쉽지 않은 일이다. 메주를 쑤어서 바람 잘 통하는 곳에 띄워서 간장을 담아 익힌 후, 된장을 만들어 남에게 준다는 것은 보통 정성이 아니다.

오래 된 일이지만 내가 아는 사람이 암에 걸려 죽었다는 소식을 듣고 마침 정육점에 갔더니, 정육점 주인이 "아무개 아주머니 죽었다면서요?" 하기에 내가 그렇다고 하니까 그 아주머니 고기 사러 오면 고기 값은 깎을 수 없으니 기름덩어리라도 더 달라고 했다면서 말끝을 흐렸다.

사람이 살다가 이 세상에서 사라질 때, 아까운 사람 죽었다는 소리는 못 들어도 인색하고 나쁜 사람이 원통해서 어떻게 죽었느냐? 소리는 최소한 듣지 않고 살아야 한다는 깨달음을 받았다.

가게에서 물건을 살 때, 어지간하면 물건 값 깎지 말고, 뜯지도 말고, 그냥 그대로 믿고 사려고 노력한다. 내가 조금 덜 먹으면 된다고 생각하기 때문이다. 아무리 남루한 사람이라도 겉보기로 평가해서는 안 된다고 생각한다.

2011년에 진주 엄마가 딸 시집보낸다고 연락이 왔다. 그 해, 영하 17도나 되는 강추위 날, 서울 자유센터에서 치르는 결혼식에 참석하였다. 그날 밤 참석해 주어서 고마웠다고 인사 전화가 왔다. 그리고 내가 용인으로 이사 온 지 10년이 넘도록 내내 잊지 않고 된장을 보내왔다.

그러더니 2년 가까이 소식이 없었다. 몇 번 전화를 해도 통화가 안 되었다. 궁금할 뿐이었다. 그러던 어느 날 연락이 왔다. 그동안에 간암 수술을 받고 투병 생활을 하느라 연락을 못했고, 지금은 많이 나았다고 하면서 또 된장을 준다고 했다. 나는 궁금하던 차에 보고 싶기도 하여 서울에 가서 된장을 얻어 왔다. 나오면서 귤 한 상자 들려 보냈지만 왠지 마음이 아렸다. 아프면서도 내가 뭐라고 정말 고마웠다.

그 며칠 뒤에 할 말 있다고 하기에 아픈 사람을 용인까지 오라고 할 수가 없어서 내가 서울로 갔더니, 고추장 2통을 들고 나왔다. 고추장 준다고 하면 안 올 것 같아서 할 말 있다고 했단다. 너무 고마운 사람이다. 그런데 나는 그녀를 위해서 아무것도 할 수가 없었다. 내가 할 수 있는 것은 오로지 그녀를 위해 기도하는 것 밖에 없었다.

누구나 진심으로 사람을 대하다 보면 이렇게 나처럼 좋은 일이 생기는 것 같다.

내 생일

양력 4월 15일은 내 생일이다. 내가 이 세상에 태어난 기쁜 날이다. 부모님에게 감사하는 날이다. 며칠 후, 내가 캐나다에 간다 하니까 섭섭함을 덜기 위해 미리 아이들이 모여서 생일 밥을 먹었다. 그런데, 캐나다에 와서 보니 진짜 생일인 음력으로 2월 스무엿새가 되는 날이 왔다. 또 그냥 지나칠 수가 없어 만다린 뷔페에 가서 점심을 먹었다. 그러다가 호적상의 내 생일 4월 15일이 돌아왔다. 또 집에서 미역국을 끓여 먹으면서 올해는 세 번이나 생일을 지내면서 웃고 또 웃었다.

내 생일

양력 4월 15일은 내 생일이다.

내가 이 세상에 태어난 기쁜 날이다.

부모님에게 감사하는 날이다.

며칠 후, 내가 캐나다에 간다 하니까 섭섭함을 덜기 위해 미리 아이들이 모여서 생일 밥을 먹었다.

그런데, 캐나다에 와서 보니 진짜 생일인 음력으로 2월 스무엿새가 되는 날이 왔다. 또 그냥 지나칠 수가 없어 만다린 뷔페에 가서 점심을 먹었다.

그러다가 호적상의 내 생일 4월 15일이 돌아왔다.

또 집에서 미역국을 끓여 먹으면서 올해는 세 번이나 생일을 지내면서 웃고 또 웃었다.

한국은 온갖 꽃들이 다 지고, 영상 23도까지 오르는 여름 날씨라고 하는데 캐나다는 하얗게 눈이 내렸다.

며칠 전 기온이 영상으로 올라서 잔디가 파랗게 올라오디니 눈이 하얗게 덮인 파란 싹이 추위에 떨고 있다.

문득 하늘 일과 남편 일은 알 수 없다는 옛 이야기가 생각났다.

꽃피는 봄에 이렇게 눈이 오니 우리가 하늘 일을 어찌 알 수가 있으며, 밖에서 남편이 딴 짓거리하는 것을 집에 있는 아녀자가 어찌 알겠는가?

바람이 불고 추우니까 겨울인지 봄인지 종잡을 수가 없다.

날이 따뜻해서 반팔에 반바지 차림인 사람들 옷이 갑자기 한겨울의 털옷으로 바뀌는 것을 보니 역시 사람은 자연에 대한 적응도가 빠를 수밖에 없는 나약한 존재라고 인정 안 할 수가 없었다.

봄의 길목에 캐나다로 와서 여름으로 가는 길목에 한국으로 가게 될 것 같다.

눈을 들어 보니, 넓은 평원의 흰 눈이 장관이다.

끝간 데 없이 펼쳐진 대지 위에 울타리 없는 집들이 무척 평화로워 보였다.

담장을 높이고 철사나 유리 깨진 것을 박아 도둑이 넘어오지 못하도록 하고, CCTV를 설치하여 철저한 보완 장치가 어쩌면 부富를 상징하기도 하지만, 서민들의 눈에는 꼭 부러움만의 대상은 아닌 것 같다.

비긋이 열려 있는 싸리문에 울타리가 없어서 누구나 내 집처럼 드나들 수 있는 우리네 옛 조상들의 정서가 그립다.

나는 오늘 내 생일을 맞이하여 잠시 이런저런 생각에 잠겨본다.

전우야 잘 자라

군인 주둔지에서는 민간인들이 살면 안 되었다. 그럼에도 사정사정했더니 우리를 은밀히 있게 해 주었다. 부대원들이 먹고 남은 밥을 바케쓰(양동이)에 갖다 주던 아저씨! 지금도 잊을 수 없는 백장욱 아저씨! 아마 취사병이었던 것 같다. 그렇게 우리는 연명을 하며 지낼 때 그 부대가 북으로 이동한다는 소식이 있었다. 수색부대이기에 선발대로 가는 것이다. 그 후에 소식을 들어 안 일이지만 김 소위 아저씨도 전사했다고 들었다. 세월이 반백 년이 흘렀음에도 지금껏 잊혀지지 않고 생각나게 하는 것은 매년 새해가 와서 1월 4일이 수없이 지나갈 때마다 나를 귀여워해 주던 그 아저씨들! 부디 하늘나라에서 평안히 지내시기를 기도한다.

전우야 잘 자라

태양이 눈부시게 비추고 있다. 대지는 하얀 눈으로 덮여 있고, 나뭇가지에는 눈꽃이 아름답게 피어 있다.

덜컹거리는 소달구지에 쌀가마랑 올망졸망 어린아이들을 태우고 걸어갈 수 있는 사람은 소달구지를 따라 걷고 있다. 추위 속에 어린 것들은 솜으로 만든 모자에 끈으로 묶어 바람이 안 들어가게 하고 이불로 싸매고 피난길을 가고 있는 중이다. 천안에서 20여 리 떨어진 돌마루라는 곳이다. 천안은 내 외갓집이다. 우리는 서산에서 이곳으로 피난을 온 것이다.

6.25사변 때, 하도 많은 일을 겪다 보니 가족회의 결과 식구들이 나누어서 목숨이라도 부지를 해야 한다기에 엄마, 남동생, 나 이렇게 세 식구는 외갓집으로 가고 집에는 할머니, 아버지, 여동생이 남아 있게 되었다.

남으로 남으로 향하는 피난 행렬들!

천안 역전에 가면 기차 지붕 위에까지 사람들이 이불로 감싸고 가는 모습에서 추위에 어린애들 얼어 죽으면 밖으로 내던질 수밖에 없는 극한 상황에서 비집고 탈 틈도 없고 또 내렸다 다시 탈 수도 없는 그 참혹한 현장에서 일부 남은 사람들은 보리차를 뜨겁게 끓여서 피난민들에게 파는 사람들까지 생기게 되었다. 돈을 주고라도 뜨거운 물 한 컵 사마시는 그들의 모습에서 전쟁의 비극은 이 세상에 있어서는 안 되는 것이라고 내 어린 마음에도 가슴 깊이 새기곤 했다.

피난민들이 많아서 집조차 구하기 힘든 우리는 외숙모 아는 집 사랑방에 할아버지 할머니가 기거하는 곳에 여러 식구들이 같이 자며, 가지고 간 쌀로 밥을 해서 바가지에 밥을 푸고 반찬이라고는 소금 젓국 하나뿐, 쌀뜨물로 소금 넣고 끓인 소금 젓국이다.

그릇도 없이 바가지에 담아 돌려가면서 겨우 연명을 했다. 열흘 쯤 지나 천안 사직동에 있는 외갓집 빈 집으로 우리 식구와 이모만 모였다. 피난으로 온 동네는 텅텅 비어 있었고, 북으로 가는 수색부대가 그곳에 주둔하게 되었다.

우리는 외갓집이 뜯기지 않게 하기 위해 글을 모르는 사람에게 이모님이 대신 편지를 써서 주기도 했다. 이모님은 학교 선생님이었다. 우리 엄마는 군인들의 터진 군복을 꿰매어 주면서 군인들이 먹다 남은 밥과 국으로 끼니를 때우며 그곳에서 살게 되었다.

아버지가 쉰네 살에 낳았다고 육구라는 아저씨! 백장욱 아저씨! 김 소위 아저씨! 그들은 어린 나를 몹시 귀여워했다. 나는 그때 열두 살이었다.

그 사직동 일대에 1대대쯤 주둔한 것 같았다. 그 부대는 언제든지 딴 부대보다 먼저 출발을 한다고 했다. 수색부대이기 때문이란다.

하루는 분대원들에게 '전우야 잘 자라' 라는 노래를 가르치고 있었다. 악기는 아무 것도 없이 입으로 가르치는 노래였다. 농사짓다 온 아저씨들은 서툴러서 기합을 받기도 했다.

귀동냥으로 들은 노래를 곧잘 따라 하는 나에게 김 소위 아저씨가 나를 불러 앞에서 선창을 하게 하고 군인 아저씨들이 나를 따라 부르게 했다.

전우야 잘 자라

1. 전우의 시체를 넘고 넘어
   앞으로 앞으로

낙동강아 잘 있거라
우리는 전진한다
원한이야 피에 맺힌
적군을 무찌르고서
꽃잎처럼 떨어져 간
전우야 잘 자라

2. 우거진 수풀을 헤치면서
앞으로 앞으로
추풍령아 잘 있거라
우리는 돌진한다
달빛 어린 고개에서
마지막 나누어 먹던
화랑담배 연기 속에
사라진 전우야

중공군의 개입으로 오산까지 내려와 수도 서울이 부산으로 가는 막다른 상황에서 오늘 목숨이 붙어 있으면 감사하며 그런 생활 속에서 이모랑 엄마 남동생 나 이렇게 군인들 눈치 보며 살았다.

군인 주둔지에서는 민간인들이 살면 안 되었다. 그럼에도 사정사정했더니 우리를 은밀히 있게 해 주었다. 부대원들이 먹고 남은 밥을 바케쓰(양동이)에 갖다 주던 아저씨! 지금도 잊을 수 없는 백장욱 아저씨! 아마 취사병이었던 것 같다.

그렇게 우리는 연명을 하며 지낼 때 그 부대가 북으로 이동한다는 소식이 있었다. 수색부대이기에 선발대로 가는 것이다. 그 후에 소식을 들어 안 일이지만 김 소위 아저씨도 전사했다고 들었다.

세월이 반백 년이 흘렀음에도 지금껏 잊혀지지 않고 생각나게 하는 것은 매년 새해가 와서 1월 4일이 수없이 지나갈 때마다 나를 귀여워해 주던 그 아저씨들!

부디 하늘나라에서 평안히 지내시기를 기도한다.

편지

나는 20대 때, 지금의 남편과 주고받은 많은 편지들을 반세기가 넘은 지금까지 소중히 간직하고 있다. 우리들의 편지는 직접적이기도 하고, 간접적이기도 하였다. 반대하는 어머니 몰래 주고 받은 그 편지가 빛바랜 채, 내 상자 속에 보물로 남아 있다. 어쩌다 잠이 오지 않는 밤, 그 편지들을 꺼내서 읽노라면 눈시울이 뜨겁기도 하고, 희석된 감정 속에 아옹다옹했던 시간들을 떠올려 보기도 한다. 이젠 다리도 아프고 몸 구석구석마다 찬바람이 돈다. 삐그덕거리는 몸으로 병원으로 한의원으로 전전하면서 삶을 연장하고 살지만, 아직까지 남편이 건강하게 내 곁에 있어 주어서 고맙기 그지없다.

편지

누구에게 내 마음을 담아 글을 써서 부치고 답장을 기다리는 것은 즐거운 일이다. 때로는 밤잠을 설치기도 했던 사랑하는 사람에게 쓰는 편지는 전화도 흔치 않은 그 시절에 유일한 수단이기도 했다.

나는 20대 때, 지금의 남편과 주고받은 많은 편지들을 반세기가 넘은 지금까지 소중히 간직하고 있다. 우리들의 편지는 직접적이기도 하고, 간접적이기도 하였다. 반대하는 어머니 몰래 주고 받은 그 편지가 빛바랜 채, 내 상자 속에 보물로 남아 있다. 어쩌다 잠이 오지 않는 밤, 그 편지들을 꺼내서 읽노라면 눈시울이 뜨겁기도 하고, 희석된 감정 속에 아옹다옹했던 시간들을 떠올려 보기도 한다.

이젠 다리도 아프고 몸 구석구석마다 찬바람이 돈다. 삐그덕거리는 몸으로 병원으로 한의원으로 전전하면서 삶을 연장하고 살지만, 아직까지 남편이 건강하게 내 곁에 있어 주어서 고맙기 그지없다.

옛날에 어머니가 우리 사이를 반대할 때, 이모님의 아낌없는 응원이 큰 힘이 되었고, 그래서 내 어머니보다 이모를 더 좋아하였던 때도 있었다. 이모의 편지 속에 동봉한 내 편지는 내 좋은 사람에게 보내지는 것이 늘 있었던 일이다.

이모님이 충남 성거초등학교 교장선생님으로 계실 때, 내가 그곳에 갔을 때다. 우리 어머니가 강원도에 있는 그이(지금의 남편)를 그곳으로 오라고 했다. 전갈을 받은 그이는 한걸음에 달려와서 우리 어머니와 처음으로 대면하고, 학교 숙직실에서 밤을 보냈다.

그 때, 그이는 내 호 정안靜岸의 끝 자 안岸을 따서 내게 편지를 썼다.

岸!

물망초를 꺾으려다 발이 젖었네. 어느 정신병자의 詩 한 구절이랍니다. 험산 준령 초원지대를 마구 두드리며 걸어다니는 베잠방이 신세가 발이 젖는 게 문제 되리요.

시간 가는 것도 아무 상관없다는 엄연한 사실이 이런 때 이렇게 알아지는구료.

岸!

벽 하나 사이가 이렇게 멀단 말이요.

날이 춥군요. 영하 22도의 오송산 추위가 문제 아니게 춥군요. 내 집이 언제부터 강원도 산골이기에 그다지도 그곳이 그렇게 그리워지는지 모르겠군요.

어차피 체념해 버릴 수 없는 내일들을 향해 달려 보았던 맨발에 이렇게 쉽게 동상이 걸렸단 말이요.

이제는 당신 곁을 떠나지 않겠어요. 암초에 걸려 몇 백날을 외치고 몸부림쳤던…….

누가 이렇게 들려주었던…, 그리고 아주 먼 옛날이 생각키워질까봐.

岸!

당신은 충분히 이해하겠지요. 정신병자는 쾌감을 모른다는구료. 그러나 詩人은 쾌감을 알고 의식의 언어를 詩로 승화한다지요. 울지 않으렵니다, 이렇게….

그이가 이모님 학교에 오던 날 밤 내게 쓴 편지다.

감시 속에 편지조차 자유롭지 못하였던 시절의 내 아픈 추억이다.

그 뿐인가. 친척 동생을 통해 그이 편지가 동봉해 오면 그 동생이 우리 집에 놀러 와서 나에게 은밀히 전해 주기도 하였다. 그렇게 제 삼자를 통해서 받은 편지는 우리의 사랑을 더욱 목마르게 하였지만, 굽힐 줄 모르는 우리의 사랑은 그토록 완고한 어머니도 어쩌지 못하고 드디어 우리는 결혼을 하였다.

그러나 혼인신고를 허락 안 하셨다. 그 때는 부모님이 도장을 찍어야 혼인신고를 하였다. 첫 아이를 낳아 출생 신고와 함께 겨우 혼인신고를 하였다.

비록 60년대의 신파 같은 사랑이었지만, 그로부터 반백 년을 열심히 달려왔다. 그리고, 지금은 그 무지개 같은 세월의 빛바랜 편지를 보면서 나름대로 지난날을 사랑하고 추억하며 잘 살고 있다.

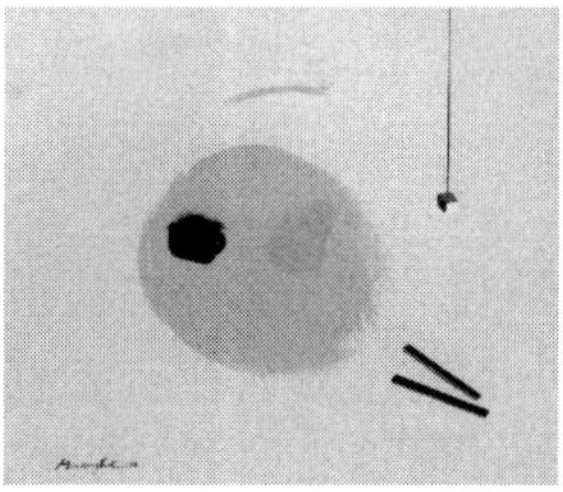

3부

⋮

어머니
쌍둥이 자매
가족
양부모의 은혜
아들 친구

⋮

어머니

정치가로 혁명가로 활동 무대가 컸던 아버지의 아내로 일생을 바친 우리 어머니! 그런 분의 아내였다면 이상 무슨 설명이 더 필요하겠는가? 그럼에도 불구하고 어머니는 불평 한 번 안 하셨다. 그런 상황에서도 어머니는 독서를 게을리하지 않았다. 손가방 속에 늘 책을 넣어 가지고 다니셨다. 그 모습을 보고 자란 우리 형제들! 한 치의 흐트러짐 없이 강인한 어머니의 일상은 우리 형제들에게 원동력이 되었고, 그 힘은 우리들의 삶을 이끌어 갔다.

어머니

불러도 불러도 다시 불러보고 싶은 그리운 이름 어머니!

내 마음 한 편에 언제나 자리 잡고 있는 이름 어머니는 지금 내가 어머니 때의 나이만큼 되었지만, 어머니 앞에서는 언제나 어린 딸이 되어 어머니를 생각하게 한다.

아버지와 어머니는 하늘이 맺어준 부부로 만나서 해로하셨지만, 어머니는 자식들 가슴 속에 한 많은 일생을 남겼다. 조용히 뒤돌아보면 지금도 목이 멘다.

정치가로 혁명가로 활동 무대가 컸던 아버지의 아내로 일생을 바친 우리 어머니! 그런 분의 아내였다면 이상 무슨 설명이 더 필요하겠는가? 그럼에도 불구하고 어머니는 불평 한 번 안 하셨다. 그런 상황에서도 어머니는 독서를 게을리하지 않았다. 손가방 속에 늘 책을 넣어 가지고 다니셨다. 그 모습을 보고 자란 우리 형제들! 한 치의 흐트러짐 없이 강인한 어머니의 일상은 우리 형제들에게 원동력이 되었고, 그 힘은 우리들의 삶을 이끌어 갔다.

언젠가 내가 춘천에 살 때, 어머니가 오셨다. 그 때, 어머니 가방 속에는 '우담바라' 라는 책과 '다이제스트' 가 들어 있었다. 그날 우리 어머니가 얼마나 멋지게 보이던지 존경스러웠다.

글 잘 쓰시고, 바느질 잘 하시고, 음식 잘 하시고, 여자로서 갖추어야 할 덕목을 고루 갖춘 우리 어머니! 거기에다 생활력 강하시고 의리 있으시고…, 흠이라면 좀 직설적이어서 그것이 때로는 장점이 되기도 하였지만 단점이 되기도 하였다.

딸네 농사를 감독하여 수확한 벼를 가져다가 방앗간에 가서 찧어서 형제들에게 보내시고, 참깨 농사지은 것 깨끗이 손질하여 콩이랑 함께 보따리 보따리 보내주시고, 마늘이랑 양념 챙겨서 보내주셨던 자상하신 우리 어머니! 아니 세상 어머니가 모두 그러하리라 생각하지만, 유독 우리 어머니만 그러리란 생각은 어쩐 셈인가. 생각할수록 고맙고 그립다.

어머니가 돌아가실 무렵, 우리 형제들을 불러 놓고, 어눌한 언어로 말씀하셨다. 장롱서랍에서 보물처럼 꺼낸 통장을 아들에게 주시고, 얼마간의 돈이 들어있는 봉투는 작은 딸에게 주셨다.

나에게는 아무것도 주지 않으셨다. 내가 어머니께 나는 왜 아무것도 안 주느냐고 물었더니, 눈을 곱게 흘기면서 작은딸에게 주신 돈은 내가 틈틈이 어머니께 용돈으로 보내드린 것이라고 하면서 따뜻한 시선을 보였다.

후에 알았지만, 똥 싸면 자식들에게 폐 끼친다고 곡기를 끊고 물 한 모금 안 넘기신 철두철미한 우리 어머니!

수삼 년이 지났지만, 훠이 훠이 가시던 어머니의 뒷모습이 지금도 눈에 삼삼하다. 너무나 보고 싶다.

그리운 어머니! 내 어머니!

쌍둥이 자매

언니가 큰집에서 학교 가는 중간지점 박샘까지 와서 기다리면 나도 우리 집에서 박샘으로 가서 언니랑 만나서 같이 학교에 다니곤 하였다. 뿐만 아니라 학교에서 화장실에 갈 때도 같이 가고, 도시락도 같이 먹고, 무엇이든지 같이 했다. 방과 후, 집에 갈 때도 예외가 없었다. 어쩌다가 두 사람 중 한 사람이 늦으면 차분히 기다렸다가 같이 다녔다. 그렇게 언니와 내가 매일매일 붙어 다니니까 사람들이 우리를 쌍둥이라고 불렀다.

쌍둥이 자매

내 고향 장승내 돌아서 큰어머니 댁 마사리 가는 길은 좁다란 논둑이다. 좁은 길을 가노라면 군데군데 삐비랑 지랑풀들이 잠깐씩 내 발길을 멈추게 했다.

얼마쯤 가다가 도깨비 샘에 다다를 무렵이면 머리끝이 쭈뼛쭈뼛했다. 물에 빠진 귀신이 있다 하여 무서움을 자아내게 하는 샘이다. 나는 큰어머니 댁 언니가 좋았다. 친언니가 없기 때문에 나보다 한 살 위인 큰어머니 댁 언니를 나의 친언니처럼 따랐다.

날이면 날마다 큰어머니 댁을 오르내리며 붙어살다시피 했다.

읍내에서 사는 우리 집은 전기가 들어왔고 큰어머니 댁은 읍내에서 조금 떨어진 곳이라 전기가 들어오지 않았다. 그래서 밤이면 좀 어둡고 답답한 분위기였지만 그래도 나는 큰어머니 댁에서 언니랑 함께 있는 시간이 참 좋았다. 심지어 어릴 적에 화장실에도 같이 들어가서 나란히 앉아서 볼일을 보기도 했다.

그러다가 어느 날, 화장실 벽에 낙서를 했다. 해를 그렸다. 언니는 한 살 위라고 해를 둥글게 그렸고, 나는 동생이라고 찌그러지게 해를 그려 놓고 서로 바라보고 웃었다. 그 그림이 우리가 커서 여고를 졸업할 때까지 그대로 있어서 가끔 생각나게 하고 웃음을 자아내곤 하였다.

언니는 중학교만 마치고 가정 형편이 어려워서 집에 있었다. 한 학년 아래인 내가 중학교 졸업하고 고등학교 들어갈 때, 우리 아버지가 말씀하시기를 어떻게 내 딸만 고등학교에 보내고 조카딸은 그대로 놔둘 수가 있느냐고 하시면서 언니도 나와 함께 고등학교에 입학을 했다.

언니가 큰집에서 학교 가는 중간지점 박샘까지 와서 기다리면 나도 우리 집에서 박샘으로 가서 언니랑 만나서 같이 학교에 다니곤 하였다. 뿐만 아니라 학교에서 화장실에 갈 때도 같이 가고, 도시락도 같이 먹고, 무엇이든지 같이 했다. 방과 후, 집에 갈 때도 예외가 없었다. 어쩌다가 두 사람 중 한 사람이 늦으면 차분히 기다렸다가 같이 다녔다. 그렇게 언니와 내가 매일매일 붙어 다니니까 사람들이 우리를 쌍둥이라고 불렀다.

그러다가 큰어머니 댁이 집을 팔고 대전으로 이사를 가게 되었다. 우리는 어쩔 수 없이 헤어지게 되었다. 언니와 나는 서로 안타까운 마음을 누르면서 떨어져서 살아야 했다. 언니는 대전에서 직장을 다니고 나는 서울에서 대학을 다녔다.

우리는 서로 생활환경에 적응하면서 조금씩 잊어가면서 살다 보니, 언니도 시집가고 나도 결혼을 해서 우리는 각자의 삶을 살게 되었다. 그러나 반백년이 지난 지금도 꿈을 꾸면 언니와 함께 어릴 적 쌍둥이처럼 붙어 다녔던 꿈을 꾸곤 한다.

우리는 큰집과 작은집으로 나누어 태어났지만, 다른 형제들보다 유난히 애틋한 마음으로 살아왔기에 서로 사랑하는 마음은 앞으로도 변함이 없다.

지금은 언니도 대전에서 형부랑 해로하며 살고 있고 나도 남편과 같이 서로 등 긁어 주면서 잘 살고 있다.

가족

모처럼 한국에서 아버지와 어머니가 오셨다는 소식에 아들은 지체하지 않고 달려왔다. 손녀딸과 함께 왔다. 장장 14시간을 부모님 생각으로 가득 찬 마음으로 달려왔으리라. 그것은 아마도 피가 끓는 가족의 힘이 아닐까? 아들은 4박5일의 여정을 마치고 돌아가야 했다. 저희 누나가 고향에서 함께 먹었던 가족의 손맛을 담아 겉절이랑 동생이 좋아하는 밑반찬 몇 가지 이것저것 챙겨 주었다. 그 모습에서 형제간의 따뜻한 우애를 느꼈다.

가족

가족은 힘이다. 가족은 울타리다. 가족은 이 우주 어디에 살고 있어도 끈이요 벽이다.

국제화 시대에 살고 있는 요즈음은 집집마다 자녀나 형제들 중에 누구라도 한두 사람은 외국에 나가 살고 있음을 본다.

아이들이 어렸을 때, 다른 집 아이들이 우리 집에 놀러 와서 자기 삼촌이나 이모가 외국에서 사다준 연필이나 선물을 가지고 와서 자랑을 하면, 우리 작은 아들이 말하기를 우리 집에는 외국에 나가 있는 친척이나 누구 없느냐고 물으면서 그들을 많이 부러워했던 시절이 있었다.

많은 세월이 지난 후, 우리 작은 아들이 미국으로 유학을 갔다. 열심히 공부를 하면서 학교를 다니더니 아예 그 곳에 정착하여 교수가 되어 20년 넘게 메인주에서 살고 있다.

작은 아들이 그곳에 가서 자리를 잡고, 끈이 되어 큰 딸도 2002년도에 아이들 데리고 사교육비에 힘든 한국 생활을 접고 캐나다로 이민을 갔다. 제 남편은 기러기아빠로 한국에서 살고, 큰딸은 본인의 꿈과 미래의 비전마저 포기하고 캐나다에서 10년 넘게 자식들 뒷바라지했다. 춥고 긴 겨울을 지내면서 수를 놓고 뜨개질하며 자식을 향한 어미의 사랑을 유감없이 발휘했다.

큰딸은 아이들이 대학 졸업하고 나서 한국에 있는 남편 곁으로 왔다. 그러나 자식들이 캐나다에 자리 잡고 있기 때문에 1년에 한 번 내지 두 번은 그곳에 가서 보살펴 주어야 했다. 아직은 어머니의 손길이 필요하니까.

어느 해인가 처음으로 큰딸 따라서 캐나다에 갔더니 아파트에 보금자리를 마련해 놓고 아이들이 살고 있었다.

마침 방학 중이라 미국에 있는 작은 아들이 4박5일의 일정으로 캐나다에 왔다. 모처럼 한국에서 아버지와 어머니가 오셨다는 소식에 아들은 지체하지 않고 달려왔다. 손녀딸과 함께 왔다. 장장 14시간을 부모님 생각으로 가득 찬 마음으로 달려왔으리라. 그것은 아마도 피가 끓는 가족의 힘이 아닐까?

아들은 4박5일의 여정을 마치고 돌아가야 했다. 저희 누나가 고향에서 함께 먹었던 가족의 손맛을 담아 겉절이랑 동생이 좋아하는 밑반찬 몇 가지 이것저것 챙겨 주었다. 그 모습에서 형제간의 따뜻한 우애를 느꼈다.

형제들이 아무리 멀리 살아도 서로 오며가며 작은 먹거리라도 정성껏 챙겨주는 것을 보니 든든한 울타리 같아 마음이 흐뭇했다.

이렇듯 가족사랑은 사람의 가슴을 기쁨으로 가득 채워준다는 것을 알게 되었다.

5월에 작은아들이 한국으로 출장을 온다고 했다. 한 달 후, 한국에서 또 아들 얼굴 볼 것을 생각하니 벌써부터 가슴이 설렌다.

양부모養父母의 은혜

스님은 나하고 작성한 문서와 내가 해 준 옷을 그 때까지 고이 보관하고 있었다. 얼마나 놀랍고 가슴 뭉클한지……. 약한 몸으로 태어난 내가 현재 희수喜壽까지 살고 있으니, 이보다 더 큰 은혜가 어디 있으랴. 내 명을 이어주고 탈 없이 부부 해로하며 살아온 이 모두가 네 분의 수양부모의 덕이라 생각하니 고맙고 감사한 마음이다. 돌아가신 그 분들에게 삼가 명복을 빌어본다.

양부모養父母의 은혜

나는 손孫이 귀한 집안에 둘째 딸로 태어났다. 위로 언니가 있었는데, 3살 때 병病을 앓다가 부모 가슴에 묻고, 나를 금지옥엽으로 키우던 무렵, 우리 집에 스님 한 분이 시주施主를 왔다. 할머니가 나를 업고 스님께 시주 쌀을 갖다 드리자 스님이 나를 보더니 혀를 끌끌 차더란다. 할머니는 걱정이 되어서 스님께 왜 그러십니까? 물었더니, 스님 말씀이 "아하! 이 애기는 심심산중에 홀로 피었다 홀로 지는 꽃" 이라고 했다. 할머니는 가슴이 철렁 내려앉아 스님에게 모면할 도리가 없느냐고 물었다. 스님은 '수양부모' 를 맺어 주라고 하고 떠났단다.

그 때, 다행히 우리가 불교 집안이어서 어렵잖게 절차를 밟을 수 있었다. 어머니는 먼저 수양자 문서를 작성하고, 옷 한 벌 준비하고, 시주도 넉넉하게 마련하여 나를 데리고 서산 '죽사' 에 있는 주지스님을 찾아갔다. 나는 어려서부터 몸이 약해서 늘 부모님의 근심거리였다.

그리고, 내가 두 살 때, 우리는 외몽고의 수도 장가구에서 3년을 살다가 어머니가 내 동생 출산을 위해서 한국에 나왔다.

한국에 나온 우리는 바로 나의 수양부모를 찾았으나 그 스님은 어디로 갔는지 알 길이 없었다. 그래서 우리 부모님은 애가 탔다. 내가 애기 때 들은 나에 대한 말이 꺼림칙해서 불안한 나날을 보내다가 생각 끝에 이웃에 사는 오吳첨지라는 심성 고운 사람과 문서를 작성하여 다시 수양부모를 정하였다. 어렸을 때 일이지만 지금도 생생하다.

그런데 새로 맞은 수양어머니가 나이도 많았지만 갑자기 돌아가셨다. 나는 어린 나이에도 그것이 내 탓인가? 싶어 무섭기도 했다. 그래서 내 명이 길어지나? 생각하기도 했다.

수양아버지는 혼자 살 수가 없었던지 여자를 새로 얻어서 움수양어머니까지 맞게 되었다. 그러나 불행하게도 두 분에게는 자식이 없었다. 두 분은 업동이로 아들 쌍둥이를 입양했다. 그 아이들이 성장해서 밥벌이로 산에 가서 나무도 해다 팔며 수양부모에게는 더 없이 귀한 자식들이었다.

훗날 수양아버지도 연세가 높아서 돌아가시고, 이어서 움수양어머니까지 돌아가셨다.

어떻게 그럴 수가 있나 싶었다. 연세가 많은 것은 생각 않고 나 때문에 돌아가셨나… 싶은 생각이 들고, 그래서 내 명이 길어지나(?)까지 생각하면서 한동안 찜찜한 마음까지 들었다.

세월이 흘렀다.

내가 스물두 살 때, 우리 아버지가 국회의원에 입후보하여 2대 제헌 국회의원이 되었을 때다. 그 때, 어떤 사람이 아버지에게 다가와서 "김 의원님 큰 따님과 20년 전에 저와 수양부모를 삼은 일이 있습니다"고 했다. 알고 보니 그렇게 찾던 스님이었다. 스님이 서산군 해미면에 있는 일락사 주지로 있다는 연락을 받고 어머니와 결혼 전, 지금의 남편과 함께 20리 길을 걸어서 그 절을 찾아갔다.

스님은 나하고 작성한 문서와 내가 해 준 옷을 그 때까지 고이 보관하고 있었다. 얼마나 놀랍고 가슴 뭉클한지…….

약한 몸으로 태어난 내가 현재 희수喜壽까지 살고 있으니, 이보다 더 큰 은혜가 어디 있으랴. 내 명을 이어주고 탈 없이 부부 해로하며 살아온 이 모두가 네 분의 수양부모의 덕이라 생각하니 고맙고 감사한 마음이다. 돌아가신 그 분들에게 삼가 명복을 빌어본다.

아들 친구

요즘은 우리 작은아들이 학교 일로 한국에 자주 출장을 온다. 그 때마다 잠깐씩 친구들을 만나고 와서 오늘은 누구를 만났다고 말만 전해 듣는다. 그러다가 요 며칠 전, 작은아들 친구 석근이가 우리 집에 왔다. 20년도 넘은 세월이지만 그 때 그 모습이 남아 있어서 반가웠다. 의젓하게 성장한 석근이는 철강 계통의 회사를 운영하며 성공한 친구다. 아들이 한국에 오면 석근이랑 자주 만나고 또 석근이 가족이 미국에도 간 적이 있다고 한다. 지금껏 우정을 나누고 있으니 그들은 인생의 큰 재산을 얻은 것 같으리라.

아들 친구

5월의 싱그러운 찔레꽃 향기에 젖어보는 한가한 오후다. 20년이 넘은 세월에 미국으로 떠난 아들이 어언 40 중반이 되었다.

어릴 적 4남매를 키우다 보니 우리 집에는 항상 아들 친구들이 와 있었다. 큰아들 친구, 작은아들 친구, 그 애들은 하루가 멀다 하고 우리 집을 제집 드나들 듯 했다. 그 애들이 중 · 고등학교 다닐 때만 해도 어렵고 힘든 가정이 많았다.

우리 집에 오면 라면이랑 밥을 제집처럼 갖다 먹고, 2층에서 우당탕 내려오면서 상도 부수고 그렇게 지냈다. 겨울이면 김장도 100포기 이상 하고 쌀도 어떤 달에는 2가마 반을 먹을 때도 있었다.

내 자식이 있으니까 우리 집에 오는 거지 내 아이가 없으면 지나가는 애를 붙들고 우리 집에 오라고 한들 오겠는가?

'어머니' 를 부르며 시도 때도 없이 드나드는 그 애들 때문에 항상 밥과 먹을 것을 많이 해야 했다. 돌멩이도 그대로 넘어간다는 그 나이에 무엇인들 꿀맛이 아니겠는가?

반찬은 김치 하나만이라도 맛있게 먹는 그 애들을 보면 내 자식처럼 대견하고 믿음직스러웠다.

그 아이들이 자라서 제각기 직장 따라 뿔뿔이 헤어지니 얼굴 한 번 볼 수가 없었다. 특히 우리 작은아들이 미국에 가서 20년도 넘게 있으니 볼 수가 없었다.

요즘은 우리 작은아들이 학교 일로 한국에 자주 출장을 온다.

그 때마다 잠깐씩 친구들을 만나고 와서 오늘은 누구를 만났다고 말만 전해 듣는다.

그러다가 요 며칠 전, 작은아들 친구 석근이가 우리 집에 왔다.

20년도 넘은 세월이지만 그 때 그 모습이 남아 있어서 반가웠다. 의젓하게 성장한 석근이는 철강 계통의 회사를 운영하며 성공한 친구다. 아들이 한국에 오면 석근이랑 자주 만나고 또 석근이 가족이 미국에도 간 적이 있다고 한다. 지금껏 우정을 나누고 있으니 그들은 인생의 큰 재산을 얻은 것 같으리라.

사람이 일생동안 친한 친구 한 사람만 있어도 성공했다고 하지 않는가. 석근이가 집에서 나가면서, "어머니 맛있는 거 사서 잡수세요" 하면서 손에 50만 원짜리 수표를 쥐어주고 갔다. 나는 조금 당황스러웠다. 그러나 어렸을 적에 내 아들처럼 대했던지라 주거니 밀치거니

하는 것보다 그냥 고맙게 받았다.

그 귀한 돈으로 무엇을 할까 생각하다가 마침 치아가 고장 나서 걱정하고 있던 차에 치과에 가기로 했다. 나는 석근이가 준 돈 50만원을 가지고 치과에 가서 요긴하게 치료를 받았다. 그 후, 음식을 씹을 때마다 석근이 생각을 하게 되고, 오래도록 내 아들과 더불어 생각나게 했다. 석근아 고맙다. 아무쪼록 건강하고 무궁한 발전을 빈다.

4부

⋮

⋮

정월 대보름

음력 1월 15일인 정월 대보름은 1년 중에서 첫 번째 찾아오는 보름을 더욱 소중히 여겨서 '대보름'이라고 부르게 되었다고 한다. 정월 대보름 날 밤에 보름달을 보며 한 해의 소원을 빌면 그 소원이 이루어진다고 하며, 농부들은 풍년이 들기를 빌었다. 또 달집태우기나 쥐불놀이는 정월 대보름 행사다. 쥐불놀이는 대표적인 행사로 잡귀를 쫓고 풍요를 기원하는 풍속이다. 조그만 깡통에 못으로 구멍을 뻥뻥 뚫고, 철사로 끈을 매어서 왕솔가지 넣고, 불을 핀 다음 그 깡통을 원으로 돌리면 불이 살아서 여기저기에 불꽃이 핀다.

정월 대보름

어렸을 때, 정월 대보름 날 밤이면 달집태우기와 쥐불놀이를 했다. 음력 1월 15일인 정월 대보름은 1년 중에서 첫 번째 찾아오는 보름을 더욱 소중히 여겨서 '대보름' 이라고 부르게 되었다고 한다. 정월 대보름 날 밤에 보름달을 보며 한 해의 소원을 빌면 그 소원이 이루어진다고 하며, 농부들은 풍년이 들기를 빌었다.

또 달집태우기나 쥐불놀이는 정월 대보름 행사다. 쥐불놀이는 대표적인 행사로 잡귀를 쫓고 풍요를 기원하는 풍속이다. 조그만 깡통에 못으로 구멍을 뻥뻥 뚫고, 철사로 끈을 매어서 왕솔가지 넣고, 불을 핀 다음 그 깡통을 원으로 돌리면 불이 살아서 여기저기에 불꽃이 핀다.

그 때, '쥐불이요' 하며 돌리다가 논두렁이나 밭두렁에 불을 붙이면 금세 불바다가 되어 쥐와 해충을 방제하고 남은 재는 농사의 밑거름을 만드는 데 목적을 지녔다고 했다.

지금은 불꽃놀이가 있어서 어떤 행사 때 가끔 볼 수 있지만, 그때는 유일한 불꽃놀이가 정월 대보름 날 쥐불놀이였다.

정월 대보름에는 좀 잘 사는 집에서는 가리를 세웠다.

'농사지 천하지대본야' 라고 크게 글씨를 써서 대문 옆 기둥에 높이 매달아 놓고, 2월 초하루면 '머슴 날' 이라 하여 농사를 시작하는 날이라고 했다.

그때, '가리' 를 세운 집에는 술과 떡 음식을 차려서 잔치를 벌인다.

소반상 위에 말(斗)을 올려놓고, 쌀을 가득 부어 촛불을 켜고, 이웃에 사는 춘예 아버지가 고깔을 쓰고 대표로 그 집의 화평과 무탈을 기원하며 덕담을 하였다.

그날은 온 동네가 잔치 분위기다.

이 집 저 집 다니며 풍악을 울린다.

장구 치고 북 치고 꽹가리 치고 무동 태우고, 머슴 둔 집에서는 머슴들에게 새 바지저고리를 해서 입히곤 하였다.

그리고 그날은 1년 동안 그 집에서 농사지어 주는 새경(품삯)이 결정된다. 1년에 쌀 4가마를 받다가 그것도 해마다 조금씩 올라 8가마까지 오르곤 하였다.

특히 머슴이 기거하는 사랑에서는 새끼 꼬고, 가마니 짜느라 밤마다 동네 남정네들이 모이곤 하였다.

그 때, 술참으로 막걸리와 고구마 동치미 김치 등 먹을 것을 사랑으로 내가곤 하던 그 시절이 아련하다.

지금은 그런 풍속이 다 없어지고 농사도 모내기는 이앙기移秧機로 하고 벼베기는 트랙터로 해서 편리하지만, 정이 없고 운치가 있는 세상은 아닌 것 같다.

초가집

가을 추수가 끝나면 집집마다 짚으로 나래(이엉)를 엮어서 길가나 집 담장 옆에 세워놓았다가 하늘이 맑은 날 받아서 지붕에 올렸다. 나래를 엮는 작업은 아무나 하는 일이 아니었다. 나래를 다 엮으면 기술자를 초빙해서 지붕 맨 위에 덮을 용구새를 엮는다. 그 용구새를 엮는 것도 아무나 못한다. 돈을 많이 주고 따로 기술자를 불러다가 해야 하기 때문에 그 사람 손이 비어있는 때를 기다려야 한다. 오늘은 누구네 집 내일은 아무개네 집 순번을 정하여 품앗이로 서로 편의를 보아가며 한다.

초가집

초가집은 온화한 느낌을 준다. 초가집은 하늘 아래 첫 동네 같은 동화 속 그림 같다. 1950년 우리가 어렸을 때는 초가집이 많았다. 볏짚이나 밀짚 혹은 갈대 같은 것으로 지붕을 인 집인데, 시골에는 거의 초가집으로 동네를 이루었다. 기와집이나 함석집이 더러 있었지만 우리나라는 농경사회라서 집집마다 크나 작으나 농사를 지어서 한해 걸러 지붕을 새로 만들어 덮곤 하였다.

가을 추수가 끝나면 집집마다 짚으로 나래(이엉)를 엮어서 길가나 집 담장 옆에 세워놓았다가 하늘이 맑은 날 받아서 지붕에 올렸다. 나래를 엮는 작업은 아무나 하는 일이 아니었다. 나래를 다 엮으면 기술자를 초빙해서 지붕 맨 위에 덮을 용구새를 엮는다. 그 용구새를 엮는 것도 아무나 못한다. 돈을 많이 주고 따로 기술자를 불러다가 해야 하기 때문에 그 사람 손이 비어있는 때를 기다려야 한다. 오늘은 누구네 집 내일은 아무개네 집 순번을 정하여 품앗이로 서로 편의를 보아가며 한다.

지붕을 하는 집에서는 당일 술과 떡을 하고 반찬을 갖추어서 잘 차려놓으면 동네 사람들이 와서 밥을 먹는다. 가난한 시절이라 누구네

가 무엇을 한다 하면 그 집에만 국한된 일이 아니고 온 동네가 내 일처럼 나서서 일손을 도와주었다. 지붕을 하고 나면 추녀 끝에 들쑥날쑥 내려온 짚을 잘 정리해야 한다. 낫으로 이발하듯 예쁘게 깎아 주고 대빗자루로 말끔하게 쓸어 주면 깨끗하게 보기 좋은 지붕이 된다.

6.25사변 이후, 우리 집은 가세가 기운 때가 있어서 3년 동안 지붕을 못했던 기억이 난다. 그해 따라 비가 많이 오고 눈도 많이 와서 지붕이 썩어서 온 집안이 노래기 천지였다.

퀴퀴한 냄새는 왜 그렇게 나는지…. 참을 수 없어서 미신적인 방법을 써보기도 했다. 기둥마다 '노락각시 속거 천리' 라고 써서 거꾸로 붙이면 노래기가 다른 곳으로 간다고 해서 그렇게 했던 기억이 난다. 그러나 노래기가 글씨를 알아보고 도망갈 리 없었다. 방법은 지붕을 걷어내고 새 지붕으로 해야만 노래기가 없어진다는 것을 알았다.

어느 비오는 날, 함석집 옆을 지나가는데, 함석지붕에서 총알소리가 났다. 그게 얼마나 운치 있고 부러웠는지….

하지만, 농촌 지붕개량사업으로 초가집이 거의 사라졌다. 다만 어린이들의 교육현장으로 민속촌이나 초가마을을 제외하고는….

세월 따라 문명의 발달로 어디를 가나 아파트가 숲을 이룬 시대에 살고 있다.

옛날 어른들은 아파트가 성냥갑 포개 놓은 것 같다고 처음에는 싫어하는 사람들이 있었지만, 살다 보니까 따뜻하고 편해서 누구나 선호하고 있다. 그러나 아직도 그 많은 아파트가 숲을 이루고 있음에도 불구하고 우리 주위에는 집이 없는 사람들이 너무 많은 것을 보면서 살아가고 있다.

서산의 명물

서산에는 자린고비 못지않은 윤애주라는 할머니가 살았다. 나는 얼굴도 본 적이 없지만, 얼마나 짠지 길 가다 오줌을 누면 그 오줌이 아까워서 흙으로 뭉쳐서 가지고 와서 자기 밭에 거름으로 사용한다는 소문이 난 사람이다. 그 할머니가 죽고 나서 집 정리를 하다 보니, 벽도배지 속을 온통 돈으로 가득 채운 것이 발견되었다고 한다. 써보지도 못하고 그렇게 모아서 무슨 소용이 있느냐고 사람들 입에 오르내리곤 하였다. 가난한 사람들을 위하여 덕을 쌓았더라면 공덕비라도 세워 주었을 것을 말이다. 사람은 쌀 한 톨이라도 남을 위하여 쓸 수 있는 마음이 중요하다고 생각한다.

서산의 명물

1950년대는 가난한 사람이 많아서 거지가 많았다. 아침저녁이면 깡통을 들고 집집마다 밥과 반찬을 얻어먹으면서 연명하였다. 그것도 부지런한 거지는 얻어 갈 수 있지만 게으른 거지는 때가 지나면 밥을 얻어 갈 수가 없었다.

그들은 울타리 없는 남의 집 부엌으로 몰래 들어가서 아궁이 근처에서 몸을 누이고 잠을 자곤 하였다. 그러다 보니 얼굴에는 꾀죄죄하게 땟국이 흐르고, 개와 고양이 얼굴로 길거리에 다니면, 어린 아이들이 무서워서 도망가곤 하였다. 그 시절에 우리 서산에는 오강문과 만수라는 두 사람이 있었다. 동네 사람들이 그 두 사람을 서산의 명물이라 이름 붙였다.

오강문은 50이 훨씬 넘은 여자다. 머리는 가위로 싹둑싹둑 잘라 어설픈 모습으로 날마다 우리 집에 밥을 얻으러 왔다. 어쩌다가 때가 지나서 오면 눈치를 살피고 말없이 돌아서곤 하였다.

오강문은 착하고 순해서 우리 집에서도 옷과 먹을 것을 주었지만 그와 반대로 남자인 만수는 칠칠맞았다. 버스 정류장에서 막대기 하나 질질 끌고 다리까지 절었다. 거기에다 침을 흘리며 구걸하는 그는 사람들이 피했다.

만수가 장난기가 발동한 건지 고의로 하는 행동인지는 모르지만 짓궂게 다리를 끌며 쫓아올 때는 사람들이 '오금아 날 살려라' 도망치곤 하였다. 그래서 버스 정류장에 갈 때는 만수가 있나 없나 살핀다.

또 그 때는 누구나 밥 먹고 살기가 어려운 시절이어서 동네에 잔치가 있으면 온 식구가 그 집에 가서 음식을 먹으며 사발농사를 짓곤 했다. 잔칫집 마당에 차일을 치고 잔칫상을 준비하고 손님 대접할 음식을 차릴 때면 의례 거지 떼들이 달려들어 상을 들고 가는 바람에 잔칫집에는 소동이 벌어지곤 하였다.

그래서 잔치가 있기 전에 거지 대장을 초청하여 한 상 잘 차려서 대접하고 돈도 주고 거지들이 얼씬 못하게 하는 것이 묵시적으로 잔칫집들의 풍습이었다.

세월 따라 이젠 그들도 다 죽고 옛 이야기가 되었다. 그런가 하면 서산에는 자린고비 못지않은 윤애주라는 할머니가 살았다. 나는 얼굴도 본 적이 없지만, 얼마나 짠지 길 가다 오줌을 누면 그 오줌이 아까워서 흙으로 뭉쳐서 가지고 와서 자기 밭에 거름으로 사용한다는 소문이 난 사람이다. 그 할머니가 죽고 나서 집 정리를 하다 보니, 벽 도배지 속을 온통 돈으로 가득 채운 것이 발견되었다고 한다.

써보지도 못하고 그렇게 모아서 무슨 소용이 있느냐고 사람들 입에 오르내리곤 하였다. 가난한 사람들을 위하여 덕을 쌓았더라면 공덕비라도 세워 주었을 것을 말이다. 사람은 쌀 한 톨이라도 남을 위하여 쓸 수 있는 마음이 중요하다고 생각한다.

목마른 사람에게 물 한 모금 나누어 주는 것이 우리네 정서가 아닌가? 남을 위하여 덕을 베풀면 꼭 보상을 받는다고 했다. 설사 자기 대에 복을 받지 못하면 자손 대에라도 그 복이 내린다는 옛 말이 틀림없다는 것을 살면서 느끼곤 한다.

옆 사람 힘들 때, 눈으로라도 한 번 껌뻑하는 마음이 있다면 이 사회는 살 만한 세상이 아닐까?

강포리와 강재구 소령

처음에는 서먹한 가운데 얼마간의 세월이 지났다. 그러다가 아침저녁으로 얼굴 보며 서로 눈인사를 하다가 통성명을 하게 되었다. 마침내 남편과 같은 또래여서 금방 친해졌다. 그해 크리스마스이브에 강 중위 애인이 면회를 왔다. 우리는 넷이서 막걸리에 오징어 곁들여 놓고 이야기하면서 밤을 새웠다. 젊은 우리들은 거나해진 두 남자의 청에 못 이겨 강 중위 애인이 노래를 불렀다. 그 무렵 한참 유행했던 권해경의 '호반의 벤치'를 선곡하여 불렀다.

강포리와 강재구 소령

백로가 지났는데도 낮에는 후덥지근하다.

길가에는 코스모스가 피어 강포리 산골 마을의 정취가 물씬거린다. 나는 1962년 9월 18일에 결혼해서 남편의 근무처 강포리 검문소 마을 회관 옆방에서 신혼살림을 차렸다.

전쟁으로 폐허가 된 그곳에는 흙벽돌로 지은 집들이 군데군데 동네를 이루고 있었다. 강원도는 예나 지금이나 감자 농사로 삶을 이어가는 사람들이 많았다. 아침 점심 저녁 매끼마다 감자로 밥하고 국 끓이고 볶고 매일매일 먹는 음식이 감자다. 고기나 생선을 사려고 시장에 가려면 20리를 가야 했다.

동네에서 살 수 있는 것은 고작 감자뿐이었다. 나는 그 때, 감자를 너무 많이 먹어서 감자에 물려 50년이 지난 지금도 감자는 잘 먹지 않는다. 그곳은 아는 사람도 없고 일선 지방이라 특히 수도사단 맹호부대가 주둔하고 있어서 군인 가족들이 많이 살고 있었다.

내가 살고 있는 마을회관은 사람 사는 곳이 아니어서 매우 추웠다. 그 강추위를 이기지 못한 우리는 건너편 부엌도 없는 옥경이네로 이사를 했다. 옥경이네는 큰방에서 어머니와 아버지 오빠 네 식구가 살았고, 가운데 방에서 우리가 살았다. 그리고 옆방에는 군인 중위가 혼자 살고 있었다.

처음에는 서먹한 가운데 얼마간의 세월이 지났다. 그러다가 아침저녁으로 얼굴 보며 서로 눈인사를 하다가 통성명을 하게 되었다. 마침 내 남편과 같은 또래여서 금방 친해졌다. 그해 크리스마스이브에 강 중위 애인이 면회를 왔다. 우리는 넷이서 막걸리에 오징어 곁들여 놓고 이야기하면서 밤을 새웠다. 젊은 우리들은 거나해진 두 남자의 청에 못 이겨 강 중위 애인이 노래를 불렀다. 그 무렵 한참 유행했던 권혜경의 '호반의 벤치' 를 선곡하여 불렀다.

'내 님은 누구일까' 첫 소절이 끝나기가 바쁘게 '강재구' 하면서, 강 중위는 흥이 났다. '어디 계실까' 하자 '강포리'. 그는 한 소절이 끝날 때마다 추임새를 넣었다. '무엇을 하는 님일까 만나보고 싶네' 하자, '군인' 하면서 즐겁게 따라 부르던 노래가 지금도 또렷하게 기억이 난다. 참으로 친하게 지냈다.

강 중위가 대위로 승진이 되었다. 맹호부대가 홍천군 북방면에서 월남 파병을 앞두고 훈련을 받는 동안 강 중위는 결혼을 하여 아들 병훈이를 낳았다. 우리 집에도 오며 가며 각별한 정을 나누었다. 그러던 어느 날, 병훈이 엄마가 다녀간 지 얼마 안 되어서 병훈이 아빠 강 대위의 산화 소식을 들었다. 세상에 그럴 수가…. 삼가 고인의 명복을 빌었다.

강재구 소령은 육군사관학교 16기생으로 희생정신과 살신성인의 표상으로 현재 홍천에 추모공원이 있다.

강재구 소령은 1965년 10월 4일 월남파병을 앞두고 중대장으로서 수류탄 투척 훈련 중 한 부하의 실수로 수류탄이 중대병력 한가운데로 떨어져 많은 병사들이 위험에 처하자 부하들을 구하고자 자신의 몸으로 수류탄을 덮어 산화하여 부하들을 구하고 29세의 꽃다운 나이에 돌아가셨다는 역사적 인물이다.

그 뒤 소식조차 없이 반백 년의 세월이 흘렀다. 병훈이가 우리 딸이랑 나이가 같으니 오십 고개 중년이 되었겠지? 보고 싶다.

어느 여름날의 단상

내가 어릴 때, 우리 동네에 이질이 돌았을 때다. 옆집 아이가 이질에 걸려 배 아프다고 소리 지르며 울었다. 그때는 병원 시설이 열악한 시절이라 저만큼 한쪽에 새끼줄을 쳐놓고 그 아이를 격리시켰다. 그 아이 어머니가 자기자식 데려가는 것을 막기 위해 양동이를 막대로 치면서 극구 막았던 것을 본 기억이 난다. 올해는 메르스로 인하여 온 국민이 공포에 떨고 있다. 여러 사람이 모인 장소나 병원을 피하고 있다. 모든 행사도 취소하고 들어오는 관광객까지 금지령을 내렸다. 그로 인하여 우리나라의 경제적 손실이 세월호 때보다 더 크다고 매스컴에서 말하고 있다.

어느 여름날의 단상

요즈음 매스컴에서나 사람들이 모이면 가뭄과 메르스가 대화의 중심이 되고 있다. 메르스는 감기 비슷한 돌림병이라고 한다. 또 극심한 가뭄에 목이 타고 있다. 아무리 과학이 발달해도 하늘에서 비를 내리게 할 수는 없지 않는가? 비가 안 오면 농사에서부터 우리가 마시는 물과 동식물할 것 없이 모두 살 수가 없다.

지구 온난화로 우리나라도 점점 더워지는 추세이다. 바다에 물고기도 기후 따라 이동해 가면서 살고, 과일도 남쪽에서 재배하던 것이 차츰 북쪽으로 이동한다고 한다.

또 여름 한철이면 예부터 이상한 전염병이 나래를 쳤다.

우리가 어릴 때도 법정 전염병인 이질과 장질부사 등 갖가지 전염병이 유행했다. 그 때는 가난한 시절이어서 병원이 그리 많지 않았다.

내가 어릴 때, 우리 동네에 이질이 돌았을 때다. 옆집 아이가 이질에 걸려 배 아프다고 소리 지르며 울었다. 그때는 병원 시설이 열악한 시절이라 저만큼 한쪽에 새끼줄을 쳐놓고 그 아이를 격리시켰다.

그 아이 어머니가 자기자식 데려가는 것을 막기 위해 양동이를 막대로 치면서 극구 막았던 것을 본 기억이 난다.

올해는 메르스로 인하여 온 국민이 공포에 떨고 있다. 여러 사람이 모인 장소나 병원을 피하고 있다.

모든 행사도 취소하고 들어오는 관광객까지 금지령을 내렸다. 그로 인하여 우리나라의 경제적 손실이 세월호 때보다 더 크다고 매스컴에서 말하고 있다.

외식업체는 물론, 순창 마을에 메르스가 돌아서 잠시 격리했던 적이 있었는데, 얼마 후 해제된 시점에서도 그곳에서 생산되는 복분자나 오디 같은 우리나라 특산품 판매량이 턱없이 줄어서 농가에서도 경제적 어려움을 크게 겪고 있다고 한다.

옛날에 내가 어렸을 때 돌림병이 돌면, 우리 할머니는 미신적인 방법을 썼다.

대문 양쪽에 황토 흙을 세 무더기씩 놓고, 사람 드나드는 것을 막기도 하면서 수저로 식구 나이 수數대로 쌀을 떠놓고 목매달아 죽은 사람 무덤에 가서 풀을 베어다가 시루에 깔고 떡을 해서 가족끼리 나누어 먹으면 돌림병으로부터 무사하다는 속설을 믿고, 우리 집에서도 그렇게 떡을 해 먹은 기억이 난다.

해방 후, 옴이란 전염병이 있었다. 손가락 사이부터 온몸이 가려운 병인데, 그 때도 민간요법을 사용했던 기억이 난다. 병풍을 두르고 화롯불에 갱엿을 태워 그 연기를 쏘이면 낫는다고 했다.

어찌 되었거나 미신이던 속설이던 그 때 그 시절에 우리 부모들이 슬기롭게 대처해서 어려운 고비를 잘 넘겼으니 다행이라 여겨진다. 앞으로도 그에 힘입어 어떠한 고난이 닥쳐와도 옛말 이르면서 잘 살리라 믿으며 비라도 한바탕 세차게 쏟아져서 가뭄으로부터 해갈되기를 빌어본다.

5부

⋮

'크리스탈베이' 에 가다

묻지 마 관광

일본에 다녀와서

방콕 '프라임골프장' 에 가다

내 나라 내 집이 최고

메인주 '프레스카일' 의 추억

⋮

‘크리스탈베이’ 에 가다

‘크리스탈베이’는 태국의 대표 골프장으로 한국인이 운영하는 곳이다. 파타야 촌부리 지역에 위치해 있으며 프로선수들의 전지 훈련장으로 유명세를 탔고, 우리나라의 티칭프로 자격시험을 자주 치르는 골프장이다. 자연환경과 숙박 서비스 등의 각종 부대시설을 완벽하게 갖춰놓은 골프장이라 인기가 높다. 그린 주변에는 야자수가 우거져 있고 바다에서 불어오는 시원한 바람은 쾌적한 라운딩을 즐길 수 있으며, 초급자들도 쉽게 플레이를 할 수 있는 곳이다.

'크리스탈베이' 에 가다

2008년 1월 6일, 노부부들의 여행이지만 어릴 적 소풍 전날처럼 설레었다. 남편들이 의견을 모아 집에만 있어서 답답한 마누라들 콧바람이라도 쏘여줄 겸 떠나는 5박6일의 여행이다. 태국 방콕 공항에서 1시간 반 정도 가는 곳에 있는 '크리스탈베이' 로 간다.

'크리스탈베이' 는 태국의 대표 골프장으로 한국인이 운영하는 곳이다. 파타야 촌부리 지역에 위치해 있으며 프로선수들의 전지 훈련장으로 유명세를 탔고, 우리나라의 티칭프로 자격시험을 자주 치르는 골프장이다. 자연환경과 숙박 서비스 등의 각종 부대시설을 완벽하게 갖춰 놓은 골프장이라 인기가 높다. 그린 주변에는 야자수가 우거져 있고 바다에서 불어오는 시원한 바람은 쾌적한 라운딩을 즐길 수 있으며, 초급자들도 쉽게 플레이를 할 수 있는 곳이다.

날씨가 궂으면 어찌하나 걱정하는 마음에 일기예보에 귀 기울이며 어린 아이마냥 들뜬 기분으로 비행기에 올랐다. 5시간 반 정도 가니 방콕 공항에 도착하였다.

방콕 시간으로 밤 1시가 되어서 리조트에 도착하였다. 우리가 탄 버스 2층에는 달랑 5명이 타고 갔다. 나는 마음 속으로 이렇게 사람이 없으니 어떻게 골프장을 운영할까? 은근히 걱정되어 도착해서 안내원에게 물어보았다. 안내원은 빙긋이 웃으며 지금 다들 숙소에 있기 때문에 보이지 않아서 그렇지 한국인들이 200명이 넘게 와 있다고 했다. 그제서야 내 마음이 좀 편했다.

아침 일찍부터 많은 사람들이 나와서 붐비고 서두르는 캐디들의 독촉에 더 이상 꾸물거릴 수가 없었다.

기온은 더울 때는 32도까지 올라간다고 하였다.

그래도 아침저녁에는 지낼 만하였다. 비록 노부부들이지만 설레는 마음으로 골프를 치고 식사를 하며 즐거운 시간을 보냈다. 잠깐 쉬는 시간에는 책도 읽고 우선 춥지 않아서 천국이 따로 없었다.

한국은 추운 겨울이지만 적도 근처인 이곳은 항상 덥고 5월부터는 우기雨期가 시작된다고 한다. 12월과 1월이 가장 성수기라 하였다. 한국 사람이 경영하는 곳이라 음식도 모두 한국식으로 준비되어 있어서 불편한 점이 없었다. 캐디 아가씨들도 밝은 모습이어서 딸 같고 손녀 같았다. 나는 미소로 그들을 격려하고 매일 초코파이를 사가지고 가서 나누어 주었다.

그랬더니 그들도 그곳에서 나는 열대 과일을 가지고 와서 나에게 주며 나의 골프백을 눈여겨보았다가 아침이 되면 서로 다투어 나와 같이 필드에 나가려고 했다.

말은 안 통하지만 사람이 마음으로 통하는 데는 국경이 따로 없었다. 잠시이지만 일정을 마치고 그들과도 이별의 아쉬움을 남기고 한국으로 돌아왔다. 인천공항에 도착하니 추운 겨울이 기다리고 있었다. 우리는 이내 일상으로 돌아가서 생활에 적응해야만 했다.

며칠간의 여행은 나에게 멋진 휴식이요 살아가는 데 큰 활력소가 되었다. 남편에게 고맙다. 이것이 나름대로 행복한 노년의 즐거움이 아닌가 한다.

묻지 마 관광

그리고 나중에 들은 이야기지만 어떤 사람은 '묻지 마 관광'에서 만난 사람들이 아이들 상견례 자리에서 마주쳤다며 당황한 이야기에 놀라기도 했다. 그래서 내 남편이 순진한 나에게 혹시 '묻지 마 관광' 아니냐고 물었던 그 진의를 알 수 있었다. 절대로 절대로 그런 일은 없었겠지만 '묻지 마 관광'이 관광버스 회사 이름인 줄 알았던 나는 지금도 그 생각을 하면 자꾸만 웃음이 나온다.

묻지 마 관광

푸르른 가을 하늘에 만국기가 펄럭인다. 길섶에 피어있는 코스모스가 한들한들 반갑다고 손을 흔들고 있다. 이렇게 아름다운 계절에 속초에서 엑스포가 열렸다. 우리는 대학 동창끼리 2박 3일 일정으로 엑스포에 참가하기로 했다. 나는 예나 지금이나 여자들끼리 어디 관광이나 놀러가는 일이 별로 없었다.

1960년 중반, 나의 결혼생활은 방에서 부엌으로 부엌에서 마당으로 마당에서 뒤뜰 장독대로 전전하면서 살림하느라 나 개인의 휴가나 놀이는 꿈도 꾸지 못했다.

그렁저렁 세월이 흘러 어머님 돌아가시고 아이들 결혼시키고 난생 처음으로 가는 여행이라 어릴 적 소풍 갈 때의 설렘처럼 잠이 오지 않았다.

나는 같은 동네에 사는 친구 따라서 그 친구만 믿고 따라 나섰다.

남편이 무슨 관광회사냐고 묻기에 친구 따라 간다니까 그거 혹시 '묻지 마 관광' 아니냐고 했다. 나는 그런 관광회사도 있느냐고 남편에게 되물으면서 '묻지 마 관광' 이름을 외우면서 집을 나왔다.

친구 따라서 고속 터미널 근처에 도착했다. 한적한 곳에 '오진관광버스' 가 기다리고 있었다. '묻지 마 관광' 버스는 보이지 않았다. 나는 그때서야 알았다. 그것이 관광버스 회사 이름이 아니고, 남자들과 여자들이 서로 이름도 모르고 사는 곳도 모른 채 같은 버스 타고 즉석에서 제비 뽑아서 짝을 지어 놀고 즐기는 것이라고 알았다.

그때서야 내가 얼마나 순진? 하고 바보스런지……. 세상 물정에 너무 캄캄하구나 싶어 한심했다.

하기야 집안에만 있어서 관광 한 번 가보지 않은 내가 알 턱이 없었다. 우리는 '오진관광버스' 를 타고 가면서 내내 즐거웠다. 젊은이 못지않게 재잘거리며 시간 가는 줄 모르고 속초에 도착했다. 콘도에 짐을 풀고 밥해 먹으며 동창끼리 우의도 다지고 밤을 새우며 이야기는 그칠 줄 몰랐다.

엑스포 구경하며 새로운 것에 현혹되어 작은 선물도 샀다. 즐거운 2박 3일의 여정을 마치고 집으로 돌아올 때, 휴게소에서 옥수수도 사 먹었다. 버스에서 영화 관람은 난생 처음이었다.

그리고 나중에 들은 이야기지만 어떤 사람은 '묻지 마 관광' 에서 만난 사람들이 아이들 상견례 자리에서 마주쳤다며 당황한 이야기에 놀라기도 했다.

그래서 내 남편이 순진한 나에게 혹시 '묻지 마 관광' 아니냐고 물었던 그 진의를 알 수 있었다.

절대로 절대로 그런 일은 없었겠지만 '묻지 마 관광'이 관광버스 회사 이름인 줄 알았던 나는 지금도 그 생각을 하면 자꾸만 웃음이 나온다.

일본에 다녀와서

추위에 대비하라는 여행사의 통보를 따르느라 만반의 준비를 했는데, 날씨는 봄날 같고 길가에 동백꽃 닮은 꽃도 피었다. 어떤 밭에는 배추와 파가 그대로 있었다. 아사쿠사와 일본의 황거에 들렀더니, 10년 전에 왔던 기억이 났다. 까마득히 잊었던 것들이 하나씩 생각이 났다. 일본의 어항 요코하마로 이동하여 공원 주변의 건축물과 아카렝가 창고 쇼핑몰도 구경하였다. 다음날 하코네 공원인 복식 화산지대로 깊은 산과 호수계곡 고원에 둘러싸인 국립공원도 구경했다. 그 곳에서 유황으로 익힌 달걀도 사먹으면서 아름다운 후지산의 눈 덮인 설경을 바라보고 또 바라보았다.

일본에 다녀와서

2009년 12월 7일, 일본 여행을 앞두고 기쁜 마음에 잠을 설쳤다.

어릴 적, 소풍 가기 전날의 선잠 자던 때와 같이 늘그막에 가는 여행도 예외는 아니다. 대전 큰 언니와 나는 서울 동생네 집에서 자고 아침 일찍 공항으로 갔다.

여행은 다닐 때마다 새로운 기분 새로운 감동으로 사람을 들뜨게 한다. 특히 이번 여행은 우리 세 자매가 일생에 처음 가는 여행이다.

남편의 치앙마이의 골프 투어가 나에게는 안성맞춤의 기회였다.

갑자기 이루어진 여행이지만 동생이 모든 걸 다 알아서 예약과 만반 준비를 빈틈없이 해주어서 편했다.

인천공항을 떠나 나리타에 도착했다.

그곳에서 도쿄만을 거쳐 인공 섬 오다이마로 이동해서 자유의 여신상과 도요타 전시장에 들렀다. 다른 사람들은 사진을 몇 장씩 찍느라 바쁘지만, 우리는 사진 한 장 찍지 않았다. 여행 온 기념인 줄 알지만 70세의 주름 진 얼굴이 싫었고 또 살 날이 얼마 남지 않은 우리들의 모습을 자손들이 처리해야 하는 불편을 주기 싫었으며 지금부터 모든 것을 서서히 정리하고 싶은 마음이 앞섰기 때문이다. 눈으로 보고 마음으로 느끼면 그만이지… 하는 생각에서다.

추위에 대비하라는 여행사의 통보를 따르느라 만반의 준비를 했는데, 날씨는 봄날 같고 길가에 동백꽃 닮은 꽃도 피었다. 어떤 밭에는 배추와 파가 그대로 있었다.

아사쿠사와 일본의 황거에 들렀더니, 10년 전에 왔던 기억이 났다. 까마득히 잊었던 것들이 하나씩 생각이 났다.

일본의 어항 요코하마로 이동하여 공원 주변의 건축물과 아카렝가 창고 쇼핑몰도 구경하였다. 다음날 하코네 공원인 복식 화산지대로 깊은 산과 호수계곡 고원에 둘러싸인 국립공원도 구경했다. 그 곳에서 유황으로 익힌 달걀도 사먹으면서 아름다운 후지산의 눈 덮인 설경을 바라보고 또 바라보았다.

칼델라호인 아시호수에 유람선을 타고 건너가서 하코네 북쪽에 위치한 최대 아울렛 매장도 구경하였다.

언니는 일본어로 책을 통해 익혀둔 그 곳이 실제로 와 보니 감개무량한 듯 입 속으로 흥얼거리는 일본 노래가 황혼의 노스탈자같이 코끝이 찡하기도 하였다. 언니는 일정시대의 교육을 받은 세대지만 계

속해서 일본어 책을 읽은 언니의 감성은 신선해 보였었다. 나이 80에 작년에 허리 수술을 받은 언니가 행여 어쩔세라 걱정했지만, 소녀처럼 좋아하는 모습에서 먼 훗날 참 그때 언니랑 여행을 잘 갔었다고 말할 수 있을 것 같았다.

또 우리 동생은 중국 사람들과 대화하는 모습에서 젊음을 아낌없이 발휘하는 것 같아 기분이 좋았다. 태교의 힘이 나타난 것인가? 외몽고의 수도 장가구에서 태어난 내 동생은 대륙적인 기질, 중국을 좋아하는 것은 어쩌면 당연한 것인지도 모른다. 중국어 성경을 공부하고 일기를 쓰고 정말로 대단한 내 동생이다. 우리는 시즈오카로 와서 히이마츠 그랜드 호텔에서 하루 여장을 풀었다. 이튿날 오차노사도 차 박물관에 가서 각 나라 차 전시도 보았다.

다음날 3박4일 간의 여행을 마치고 시즈오카 공항을 출발해서 한국으로 돌아왔다. 인천공항에서 대전행 공항버스로 언니를 배웅하고 나는 동생네서 하루 더 묵고 집으로 왔다. 이번 여행은 오로지 남편의 배려와 우리 세 자매의 우애를 돈독히 해 주었다. 그 추억을 오래도록 간직하고 싶다.

방콕 '프라임골프장' 에 가다

날마다 시간 가는 줄 모르고 즐기는 골프에 우리 한국 사람들의 식성에 알맞게 음식도 좋은 편이었다. 그도 그럴 것이 그 식당은 한국인 사장님이 운영을 하기 때문에 우리 입맛에 딱 맞는 음식을 즐길 수 있으며 또 여행기간동안 의사소통 불편 없이 편안하게 일정을 보낼 수 있어서 좋았다. 넓으나 넓은 푸른 잔디 위의 골프코스는 시각적으로도 평탄해 보여서 많은 사람들이 찾고 있다고 한다. 그리고 저렴한 가격에 라운딩을 즐길 수 있는 곳이기에 인기가 높다고 한다.

방콕 '프라임골프장' 에 가다

2010년 1월 12일, 한겨울 매서운 추위도 우리의 들뜬 기분을 어쩌지 못했다. 여행은 젊은 사람이나 나이든 사람이나 손꼽아 기다리게 한다.

남편은 친구인 승하 엄마 내외랑 동반해서 5박7일의 일정으로 골프 계획을 세웠다. 우리는 공항으로 가서 승용차도 주차장에 세워뒀다. 돌아와서 택시 타는 번거로움을 피하고 주차비만 지불하는 것이 더 편하다고 생각했기 때문이다.

6시간의 비행 끝에 방콕 공항에 도착하였다. 그곳 방콕과 우리나라 시간 차이는 2시간 간격이다. 방콕 시간으로 밤 1시 넘어서 도착하여 리조트에 짐을 풀었다.

잠을 설치면서 아침에 눈을 떴다. 우리는 간단한 아침 식사와 음료수를 마신 후, 약간 흥분된 마음으로 18홀 돌고 나니 피곤했다. 들뜬 기분이 좀 진정되어 주위를 둘러보니 따뜻한 날씨와 온갖 꽃과 새들의 지저귐이 별천지였다.

강남 갔던 제비가 돌아온다던 그 곳이 바로 태국이라고 했다. 그래선지 제비란 제비는 다 그곳에 모여 낙원을 이루었다.

그리고, 태국은 한국 사람들 덕택에 살지 않나 싶을 정도로 골프 치러 온 사람들로 장을 서고 있다. 기지개 펴고 잔디 밟으며 폼나게 치는 골프운동은 비록 잘 치지 못하더라도 스스로 선택된 사람이라고 자부하며 즐거웠다.

날마다 시간 가는 줄 모르고 즐기는 골프에 우리 한국 사람들의 식성에 알맞게 음식도 좋은 편이었다.

그도 그럴 것이 그 식당은 한국인 사장님이 운영을 하기 때문에 우리 입맛에 딱 맞는 음식을 즐길 수 있으며 또 여행기간동안 의사소통 불편 없이 편안하게 일정을 보낼 수 있어서 좋았다. 넓으나 넓은 푸른 잔디 위의 골프코스는 시각적으로도 평탄해 보여서 많은 사람들이 찾고 있다고 한다. 그리고 저렴한 가격에 라운딩을 즐길 수 있는 곳이기에 인기가 높다고 한다.

날마다 시간 가는 줄 모르고 즐기는 골프에 얼마나 고단했던지 소변 색깔이 누렇다 못해 빨간색이다. 물을 많이 마셔도 역시 체력은 힘이 많이 든 것 같다.

눈 깜짝할 새 5일간의 골프일정을 마쳤다. 아쉬움을 뒤로 한 채 방콕 공항에 이르렀다.

방콕 공항에서 전지훈련 차 온 학생들과 만났다. 임진한 프로, 많은 캐디들이 우리와 함께 귀국 길에 올랐다.

한국에 도착하니 몹시 추웠다. 정말로 잘 지냈고 추억의 한 페이지를 장식했다.

내 나라 내 집이 최고

한국 생각이 절로 났다. 집에 갈 날만 기다려진다. 옛말에 돼지우리 같은 집이라도 내 집이 제일이라는 말이 생각났다. 아무리 사랑하는 딸이 잘해 주어도 불편하다. 한국에서처럼 마트나 시장 같은 데 가서 내가 필요한 것을 마음대로 살 수 있는 것이 하나도 없다. 그래서 생각했다. 여행을 자주 가는 사람은 견문이 넓어지지만, 사는 곳은 제나라에서 사는 것이 가장 행복하다는 것을 느꼈다. 집에 와서 약도 챙겨 먹고 배즙도 먹고 우리나라 식으로 계피랑 생강 넣고 다려 먹으니 기침이 말끔하게 나았다.

내 나라 내 집이 최고

캐나다에 와서 기침을 많이 했다.

한국에 있을 때부터 기침이 심하여 진료를 받았지만, 쉽게 고치지 못했다. 이비인후과 호흡기내과에 가서 검사도 하고 약도 먹고 엑스레이도 찍었다.

인후염이라고 했다. 처음엔 기관지염이라고 해서 처방약을 받아와서 하루 먹었더니, 부작용이 났다. 밤새 온몸이 가려워서 약을 중단한 상태에서 캐나다에 왔다. 그러나 캐나다에 있는 동안 심한 기침 때문에 고통을 받고 있다.

이곳에서는 약도 사먹을 수도 없고, 병원에도 가지 못한다.

오직 할 수 있는 것은 뜨거운 물을 마시는 일 밖에 할 수가 없었다. 뜨거운 물을 끓여 마시면서 하나님께 빌었다. 이 뜨거운 물을 마시고 말끔하게 고쳐주시라고 간절히 기도했다. 그 덕분인지 더하지는 않았다.

한국에 있었다면 생강에다 계피와 대추를 넣고 끓여 마시면 효과가 있을 터인데 이곳은 외국이니 도리가 없었다. 사람은 아니 특히 한국사람은 신토불이가 제대로 맞는 것 같다. 제 나라에서 생산되는 음식을 먹고 사는 것이 가장 건강하다고 했다.

봄의 길목에서 겨울을 맛보는 이곳 캐나다는 날씨가 영상으로 올라가서 잔디가 파릇파릇하게 나오더니 금세 눈이 하얗게 덮어 버렸다.

또 해가 뜨니, 봄 눈 녹듯 금방 눈이 녹아서 그 밑에 깔려있던 잔디가 언제 눈이 왔었느냐는 듯이 파릇파릇 얼굴을 내밀었다.

지금 쯤 한국은 꽃도 다 지고, 여름이겠지….

이맘때쯤이면 쭈꾸미와 꽃게가 풍성하여 입맛을 돋우고 산나물도 한창일 텐데….

한국 생각이 절로 났다. 집에 갈 날만 기다려진다.

옛말에 돼지우리 같은 집이라도 내 집이 제일이라는 말이 생각났다. 아무리 사랑하는 딸이 잘해 주어도 불편하다. 한국에서처럼 마트나 시장 같은 데 가서 내가 필요한 것을 마음대로 살 수 있는 것이 하나도 없다.

그래서 생각했다. 여행을 자주 가는 사람은 견문이 넓어지지만, 사는 곳은 제나라에서 사는 것이 가장 행복하다는 것을 느꼈다.

집에 와서 약도 챙겨먹고 배즙도 먹고 우리나라 식으로 계피랑 생강 넣고 다려 먹으니 기침이 말끔하게 나았다.

내 나라 내 집이 제일 좋고 내 나라에서 생산되는 모든 것이 내 몸에 제일 좋은 것임을 절실하게 느껴본다. 내 나라 내 집이 최고다.

메인주 '프레스카일' 의 추억

평가회가 끝난 후, 이스턴선생님은 여름방학 동안 한국에 다녀온다는 말과 방학 동안의 스케줄을 다시 조정한다는 그들의 열성은 선진국의 교육제도요 민주주의의 기본인 것 같아 배울 점이라고 생각했다. 그에 비하여 한국은 교육제도가 바뀔 때마다 일관성 없는 입시 지옥이 안타까울 뿐이다. 푸른 잔디 위에서 뛰노는 그들은 언제나 우리를 앞서고 있고, 선진국의 대표이기도 하다. 파란 하늘에 뭉게구름이 유유히 흐르고 6월의 태양이 뜨겁다.

메인주 '프레스카일' 의 추억

15년 전, 우리 딸이 1년 동안 '프레스카일' 에서 살았을 때다.

하늘은 파랗고 나뭇잎이 바람에 흔들리고 온갖 꽃들이 만발하고 새들이 지저귀고 한낮의 태양도 졸고 있는 날, 내가 60이 넘은 나이에 '프레스카일' 에서 살고 있는 손녀 혜연이가 다니는 학교에 갔다.

초등학교인데 딸과 내가 엄마와 할머니 자격으로 갔다.

교실에 들어서자 아이들의 천진무구한 눈망울들이 빤짝빤짝 빛났다. 아이들은 고개를 숙이며 우리에게 인사를 하였다.

한 학기 동안 우리 혜연이가 받은 수업 태도와 또 얼마나 열심히 공부를 하였나 평가를 하는 간담회 자리였다.

교장선생님, 담임선생님인 바이올렛선생님, 이스턴선생님, 그리고 학부모와 진지한 토론을 했다.

이스턴선생님은 우리 둘째 아들이 다녔던 메인대학의 총장부인이다. 그분은 자원봉사로 방과 후에 우리 혜연이 영어를 가르치는 선생님이셨다. 그래서 우리와 인연이 깊다.

총장님 댁에 초대받은 적도 있고, 기념사진도 같이 찍은 적이 있기에 악수를 하며 무척 반가웠다.

평가회가 끝난 후, 이스턴선생님은 여름방학 동안 한국에 다녀온다는 말과 방학 동안의 스케줄을 다시 조정한다는 그들의 열성은 선진국의 교육제도요 민주주의의 기본인 것 같아 배울 점이라고 생각했다. 그에 비하여 한국은 교육제도가 바뀔 때마다 일관성 없는 입시 지옥이 안타까울 뿐이다.

푸른 잔디 위에서 뛰노는 그들은 언제나 우리를 앞서고 있고, 선진국의 대표이기도 하다. 파란 하늘에 뭉게구름이 유유히 흐르고 6월의 태양이 뜨겁다.

오늘 이스턴선생님은 우리 손녀 혜연이와 마지막 수업이다. 총장님 임기가 끝나기 때문이다.

나는 서툰 영어로 "you are a long time happy" 라고 하였다.

그와 나는 두 번이나 얼싸 안고 눈물을 글썽였다.

비록 동양과 서양의 만남이지만, 사람의 정은 동서양을 막론하고 같은 것임을 느끼며 돌아오는 발길이 무거웠다.

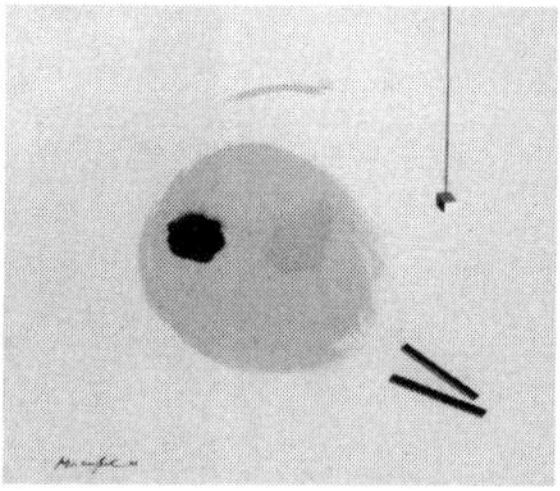

6부

⋮

자유의 여신상을 찾아서

큰딸

친구

인연

메노나이트

⋮

자유의 여신상을 찾아서

자유의 여신상은 1984년 유네스코 세계문화유산으로 지정된 후, 미국을 대표하는 '랜드마크'로 자리매김하였으며 오른손에 자유의 횃불을 들고 왼손에는 미국독립선언서를 상징하는 책을 들고 있다는 것을 알고 기대하면서 차례를 기다리는데, 사람이 너무 많았다. 언제 배를 타고 그곳에 갈지 까마득하였다. 배를 타는 부두 옆에는 바이올린을 켜면서 노래하는 사람, 커다란 구렁이를 목에 두르며 재주를 부리는 사람, 갖가지 묘기를 부리면서 돈을 벌고 있는 사람들이 있었다.

자유의 여신상을 찾아서

내가 60대 때, 미국에 있는 작은 아들집에 간 적이 있다.

작열하는 8월의 태양 아래 모든 나무들이 더위에 지쳐 축 늘어져 있다.

어느 날, 메인에 있는 작은아들 집에서 뉴욕까지 차로 13시간을 달려 '리버티섬' 이 있는 자유의 여신상을 찾아갔다.

아! 뉴욕!

푸른 하늘을 배경으로 높고 낮은 멋진 건물들이 솟아있는 것을 보니 더 이국적이고 영화 속 장면을 보는 것 같았다. 그것은 워낙 뉴욕을 배경으로 찍은 영화가 많아서 더 그런 것 같다.

그곳에 가 보니 세계 곳곳에서 관광객들이 많이 모여 있었다.

자유의 여신상은 미국의 독립선언 100주년을 기념하기 위해서 프랑스가 미국에 전달한 선물이라 했다.

자유의 여신상은 1984년 유네스코 세계문화유산으로 지정된 후, 미국을 대표하는 '랜드마크' 로 자리매김하였으며 오른손에 자유의 횃불을 들고 왼손에는 미국독립선언서를 상징하는 책을 들고 있다는 것을 알고 기대하면서 차례를 기다리는데, 사람이 너무 많았다. 언제 배를 타고 그곳에 갈지 까마득하였다. 배를 타는 부두 옆에는 바이올린을 켜면서 노래하는 사람, 커다란 구렁이를 목에 두르며 재주를 부리는 사람, 갖가지 묘기를 부리면서 돈을 벌고 있는 사람들이 있었다.

우리는 기다림을 포기하고 잠시 센츄럴 파크 인 공원 벤치에 앉아서 땀을 식히고 있었다. 여기 저기 벤치에는 곱게 차려입은 머리가 하얀 할머니 할아버지들이 사람 구경하느라 앉아 있었다.

한참 있으니 어떤 할아버지가 조그만 라디오를 보자기에 싸가지고 와서 음악을 틀어 놓았다. 마침 무료하던 차에 우리도 구경을 하였다.

음악이 나오니까 거동도 하기 어려운 할머니들이 모두 일어나서 미소 띤 얼굴로 춤을 추는 게 아닌가…. 왼쪽으로 돌고 오른쪽으로 돌면서 손뼉을 치면서 흥에 겨웠지만 하나하나가 어색하기 그지없는 동작이었다. 아무리 열심히 해도 마음뿐인 할머니들은 몸이 따라주지 않았다.

어린이나 젊은 사람들은 어떤 춤을 추어도 귀엽고 자연스러운데 노인들은 왜 그렇게 어색하고 자칫 흉하게까지 보이는지….

나는 우리보다 어르신인 그들을 연민의 눈으로 바라보면서 슬픔 반

미소 반 내 눈시울이 뜨거웠다.

비록 동양과 서양의 놀이문화는 다소 차이가 있지만 마음만은 영원한 청춘이리라. 오늘 모처럼 자유의 여신상을 찾아왔지만 공원에서 하루를 보내고 집으로 돌아가야 했다.

큰딸

첫 딸은 살림 밑천이라 했던가. 꽃을 기르듯 딸을 키울 때의 마음은 아들을 키울 때보다 한결 즐거웠다. 조심조심 물주고 햇볕 가려주고 행여 다칠세라 밤낮 노심초사했던 날들이 파노라마처럼 스쳤다. 뽀송한 얼굴에 스킨로션만 발라도 예쁘던 내 딸이 현모양처가 되기를 바라며 기도한 대로 아들 딸 낳고 예쁘게 살고 있는 큰딸을 만나러 가는 마음이 기쁘기 그지없다. 자식이 있는 곳이면 지구 끝 어디에라도 달려가는 것이 부모의 마음이리라.

큰딸

6월 22일 밤 안동 권씨 할머님 제사를 모시고, 다음 날 캐나다 큰딸네 가는 비행기에 올랐다.

무척 더운 날, 오늘 따라 비행기가 연착되어 지루한 시간을 공항에서 대기하면서 잠시 딸의 얼굴이 떠올랐다.

첫 딸은 살림 밑천이라 했던가. 꽃을 기르듯 딸을 키울 때의 마음은 아들을 키울 때보다 한결 즐거웠다. 조심조심 물주고 햇볕 가려주고 행여 다칠세라 밤낮 노심초사했던 날들이 파노라마처럼 스쳤다. 뽀송한 얼굴에 스킨로션만 발라도 예쁘던 내 딸이 현모양처가 되기를 바라며 기도한 대로 아들 딸 낳고 예쁘게 살고 있는 큰딸을 만나러 가는 마음이 기쁘기 그지없다.

자식이 있는 곳이면 지구 끝 어디에라도 달려가는 것이 부모의 마음이리라.

공항에서 10시간 넘게 기다려도 지칠 줄 모르는 것이 부모의 마음이다. 작년에 못가서 보고 싶다. 저희들 사정이 한국에 올 수 없으니 차라리 부모가 다리 성성할 때 다녀야 한다고 생각했던 것이다. 밤늦게 손녀 혜연이 손자 윤찬이 앞세우고 마중 나온다는 내 딸이 기다림에 지쳤을 생각에 마음이 짠하다. 뿐만 아니라 오랜 시간 연착되는 비행기 때문에 혹시 두 노인네가 캐나다에서 어디로 증발이라도 된 것이 아닌가 하고 마음 조리고 있을 딸이 걱정되었다. 내가 한국에서 로밍해 간 핸드폰은 "서비스 지역이 아닙니다"만 할 뿐 무용지물이 되었다. 새벽 3시에 도착하였다. 공항에 나온 아이들과 얼싸안고 보고 싶은 마음을 풀었다.

6월 26일은 우리 손자 윤찬이 초등학교 졸업식 날이다. 마침 할아버지 할머니가 참석을 하게 되어 기쁘다고 하였다. 할아버지는 그 더운 여름날에 멋지게 정장을 차려 입고, 윤찬이는 머리에 무스를 바르고 우리도 좋은 옷으로 치장을 하고 이국 사람들 틈에 끼어 졸업식에 참관하였다. 졸업식은 우리나라 초등학교 졸업식 행사와 비슷하게 진행되었다.

졸업식이 끝나자 그 곳 만다린에서 할아버지의 저녁 만찬에 초대받았다. 그런데, 한국에서도 무공해 채소를 못 먹어 보는데, 캐나다에서 재배되는 무공해 채소인 오이 호박 상추 고추 쑥갓 등 신선하게 먹을 수 있어서 좋았다. 물만 준 야채는 싱싱한 그대로 성찬이었다.

우리는 캐나다에서 2주간의 체류가 끝나서 미국에 있는 작은 아들네로 갔다. 가족들을 만나자 그동안 지치고 피로한 모습은 간데없고 금세 생기가 돌았다.

거기서 막내딸 가족을 만나서 함께 귀국하였다. 집을 떠나 거의 한 달만에 돌아왔다. 내년에 또 갈 수 있을까? 사람은 한 치 앞도 모른다는데…. 금방 보고 돌아섰는데도 또 보고 싶은 것이 자식들이다.

부디 건강하여라. 이 엄마가 빌고 또 빈다.

친구

구절초 피는 계절이면 바쁜 일상 잠시 미루고 마음 속에 그리던 친구를 만나는 일이 즐겁다. 그 친구는 어릴 적 코흘리개 친구다. 초등학교 중학교 고등학교 대학교 사회에 나와서도 친구다. 마음이 서로 통해서 좋은 인연이 되었다. 이 세상에 태어나서 참다운 친구 셋만 있으면 그 사람은 성공했다고 한다. 늘그막에 친구 만나서 수다 떨고, 서로의 속내를 부끄럼 없이 털어놓을 수 있다면 얼마나 행복할까? 기쁜 일은 서로 축하해 주고 아픈 일은 서로 아파하면서 사는 것이 우리네 인생이 아닌가.

친구

언제 들어도 그리운 이름이다. 구절초 피는 계절이면 바쁜 일상 잠시 미루고 마음 속에 그리던 친구를 만나는 일이 즐겁다.

그 친구는 어릴 적 코흘리개 친구다. 초등학교 중학교 고등학교 대학교 사회에 나와서도 친구다. 마음이 서로 통해서 좋은 인연이 되었다. 이 세상에 태어나서 참다운 친구 셋만 있으면 그 사람은 성공했다고 한다.

늘그막에 친구 만나서 수다 떨고, 서로의 속내를 부끄럼 없이 털어놓을 수 있다면 얼마나 행복할까? 기쁜 일은 서로 축하해 주고 아픈 일은 서로 아파하면서 사는 것이 우리네 인생이 아닌가.

대학 동창끼리 곤지암 리조트에 가서 1박2일 묵었다. 80줄에 서 있는 친구들이 아직은 곱다. 지팡이 짚고 다리 절뚝거리며 나온 친구와 어릴 적 소녀의 감성으로 마주앉아서 흔들리는 틀니 내보이면서 웃는 그 모습이 누가 꼴불견이라 할까?

그 서글픔이 묻어나는 순간 흉허물 없이 내보이는 것이 내게 남은 생의 활력소이기도 하다.

나는 어릴 적 유치원부터 지금까지 70년이 넘게 친하게 지내는 친구들이 있다. 사는 곳은 서로 가까이 멀리 살지만 지척이 천리라고 마음이 멀면 아무리 가깝게 살아도 멀고 아무리 멀리 살아도 마음으로 통하는 친구가 있다면 이심전심이리라.

이 나이에 생일날 편지를 주고받는 친구가 있다면 어디 손들고 나와 보라고 하고 싶다. 생일날이면 만나서 함께 밥 먹으면서 마음을 주고받는 우리의 모습을 자랑하고 싶다.

특히, 소녀 적에 영옥이네 집 방공호 속에서 우리 친구들이 무서움을 무릅쓰고 촛불 켜고 사다리 타고 내려가며 써커스 줄 타는 곡마단 아가씨처럼 오줌 지리던 그 시절의 아련한 추억은 반백 년이 넘은 오늘까지 기억에 남아있다.

우리 집 사랑마루에서 앞치마를 앞뒤로 입고 홑이불로 커튼 치고 신파한다고 떠들던 어릴 적 그 시절이 삼삼하다. 초등학교 3학년 때인가? 갱엿을 밀가루로 반죽해서 막걸리 넣고 부풀려 빵을 쪄서 먹던 추억은 언제나 가슴 뜨겁다.

벽돌을 갈고 풀을 뜯어서 사금파리로 소꿉놀이하던 그 가시내들이 지금은 희끗한 머리에 얼굴엔 주름투성이지만, 애잔한 마음에 그래도

전화를 주고받으며 작년부터 문명의 이기를 이용해서 메일로 생일축하를 한다. 또 손전화 덕분에 젊은 사람들 흉내를 내기도 한다.

멀리 있는 우체국까지 가지 않고 이제 나도 손으로 까딱까딱해서 메일로 생일 축하한다.

덕산에 있는 내 친구 신자야!

고사리 말리고 무말랭이해서 친정어머니처럼 챙겨 주는 내 친구야.

오랜만에 1박2일의 여정을 즐기며 온천에서 함께 밤 새워 소곤소곤 이야기하던 우리는 어릴 적 그대로 늙지 않는 여자들인 것 같다.

커피 한 잔에 올드 팝송을 들으면서 내 나이 잊고 20대 아가씨들같이 아련한 그 시절이 파노라마처럼 펼쳐지는 시간들을 보물처럼 감추고 싶다.

친구야!

친구가 있어 행복한 나!

오늘도 서로 안부 전하자. 오는 전화 기다리지 말고 내가 먼저 전화하는 그런 친구가 되자.

친구들아 부디 행복하자.

인연

서산여중을 졸업한 나와 내 동생 그리고 사촌언니도 교가를 부를 때마다 아버지를 떠올리고 어깨를 으쓱거렸다. 뒤에 남동생의 딸도 그 학교와 인연이 되어 할아버지가 작사한 교가를 부르며 졸업했다. 새삼 인연에 얽혀 살아가는 인생을 생각하면서, 주위를 돌아보니, 나도 지금 노후에 지구문학과 인연이 되어 시와 수필을 쓰고 있으며 시집도 냈고, 오래 전부터 써 왔던 글을 모아 수필집도 준비하고 있다.

인연

별이 총총 빛나는 여름밤이다. 풀을 베어다가 모깃불 놓고 밀대 방석 깔고 누워서 밤늦도록 엄마한테 옛이야기 들었던 어린 시절을 떠올려 본다.

우리 할머니는 열여섯에 결혼했다. 열아홉에 유복자인 우리 아버지를 품에 안고, 긴 세월을 아들을 위해서 정안수 떠놓고 기도했다. 우리 할머니는 눈물도 누가 될까 봐 목안으로 삼키며 살아 오셨다.

사람이 태어나면 서울로 보내고, 말(馬)이 태어나면 제주도로 보낸다는 옛말 따라 우리 할머니는 교육열이 높았다. 할머니께서는 아버지를 초등학교 마친 후, 공주고보에 보냈다. 아버지가 공주고보 4학년 때, 천안에서 사는 우리 외삼촌이 1학년으로 입학을 하였다. 당시 테니스 선수인 아버지는 귀공자 같은 외삼촌에게 호감을 갖고 친하게 지내면서 외삼촌 집안을 자상하게 물었다.

외삼촌에게는 누나가 두 분 있었다. 큰 누나는 숙명여고와 공주사범을 졸업했고, 작은 누나는 배화여고를 졸업했다고 했다.

우리 아버지는 나이가 같은 작은 누나인 우리 엄마를 염두에 두고, 인연을 맺고자, 학교 교지校誌에 '번민하는 밤' 이란 제목으로 유복자로 태어난 아버지의 삶을 써서 발표하였는데, 어머니가 그 글을 읽고 연민의 정을 느꼈다.

외삼촌은 선배인 우리 아버지의 속마음을 알고, 아버지를 천안에 있는 자기 집으로 데리고 갔다. 그 날, 집안은 잔치 분위기로 무르익어 갔고, 어머니는 방에서 문틈으로 빠끔히 내다보았다. 순간, 간밤 꿈에 본 사람과 꼭 닮았다고 하여 전생에 인연이라 생각했다.

그리하여 아버지와 외삼촌이 학생 때 인연이 되어 아버지와 어머니가 결혼을 하게 되었다.

그런데, 그때 광주학생 사건으로 인하여 우리 아버지는 감옥살이를 했고 퇴학을 당했다. 어쩔 수 없는 상황에서 아버지는 새색시 우리 어머니를 혼자 두고 일본으로 가셨다. 어머니는 남편 없는 시댁에서 살면서 서산 군청에 취직을 하여 자전거로 출근하는 신여성이었다. 외삼촌도 공주고보를 졸업하고 우리 아버지 따라 일본으로 가서 같은 대학 '니혼대학' 에 다녔다. 아버지는 신문도 팔고 이발소에서 일하며 고학으로 법학부에 다니면서 7년이란 세월을 보냈다.

그 후, 어머니가 스물일곱 되던 해, 나를 낳았다. 아버지는 재판소에

근무하고, 어머니는 군청에 다니고, 옛날이지만 행복한 엘리트 부모였다. 그리고 자랑스러운 우리 아버지 '김제능' 은 서산여중 교가를 작사했다.

"높고 높은 옥녀봉 백설과 같이/ 순결한 우리 정신 우리 부도를/ 전심전력 다하여 수련합시다/ 어서 가자 자매들아 서산여중/ 우리들은 대한의 광영이란다"

서산여중을 졸업한 나와 내 동생 그리고 사촌언니도 교가를 부를 때마다 아버지를 떠올리고 어깨를 으쓱거렸다. 뒤에 남동생의 딸도 그 학교와 인연이 되어 할아버지가 작사한 교가를 부르며 졸업했다. 새삼 인연에 얽혀 살아가는 인생을 생각하면서, 주위를 돌아보니, 나도 지금 노후에 지구문학과 인연이 되어 시와 수필을 쓰고 있으며 시집도 냈고, 오래 전부터 써 왔던 글을 모아 수필집도 준비하고 있다.

부부의 인연, 부모와 자식 간의 인연, 형제 간의 인연, 살아가면서 이웃과의 인연, 모두가 소중하고 아름다운 것이다. 나는 모든 인연을 사랑하리라.

메노 나이트 menno nites

메노 나이트 신자들은 하나님께서 온갖 다툼에 갈라진 세상을 화해시키기 위해 예수그리스도를 보내셨다고 믿는다. 메노 나이트 신자들은 일상적인 삶에서 믿음에 따라 사는 모습으로 구현되어야 한다고 본다. 메노 나이트 신자들은 공동체를 지향한다. 지역에 거주하는 동료 신자들로 구성된 공동체로서 서로 돕고 성경을 공부하고 복음을 나누고 지역 사회에서 절망이 있는 곳에 희망을 고통을 대신 치유를 분쟁 대신 평화를 추구한다.

메노 나이트 menno nites

겨울 햇볕이 따뜻한 일요일이다.

광활한 대지 위에 내린 눈이 햇빛에 반사되고 끝없이 펼쳐진 구릉 위에 점점이 숨 쉬고 있다.

검은 옷을 입은 그들은 주일 예배를 드리기 위해서 마차를 타고 줄 지어가는 모습이 이색적이었다.

문명의 첨단에 선 국제화 시대에 자동차가 아닌 원시적인 마차를 탄 그들이 엄숙하면서도 장엄한 모습에서 그들 나름대로 옛날부터 내려오는 풍습과 신앙을 그대로 지키는 모습이 어쩌면 종교적인 의미와 무관하지 않을 것 같다.

그들은 "하나님은 우리를 예수님을 따르는 제자로 부르셨습니다. 우리는 성령의 능력을 힘입어 은혜와 기쁨, 그리고 평화의 공동체로 자라날 것입니다. 그래서 하나님의 치유가 우리를 통해서 세상으로 흘러가기 원합니다"를 믿고 따른다.

메노 나이트란 무엇인가?

어떤 사람들은 메노 나이트들을 "홍수가 할퀴고 지나간 지역에 와서 피해를 복구하는 사람들"로 알고 있다.

어떤 사람들은 메노 나이트 하면, 검은 모자를 쓰고 마차를 끄는 현대 문명과 상관없는 모습을 연상한다. 그러나 메노 나이트들이 어떤 사람들인지 제대로 알려면 좀 더 자세한 설명이 필요하다.

그 역사적 개요를 살펴본다.

1525년

메노 나이트 교회는 북유럽의 종교 개혁기에 재세례 신앙 [다시 세례를 주는 사람들]운동의 한 분과로서 시작하여 어떠한 형태의 신앙적 강요가 있어서는 안 된다고 주장하며 진정한 신앙은 가족적이어야 한다고 믿는다.

1550년~1625년

메노 나이트들은 가톨릭이나 개신교 교파에서 받아들인 국가 제도를 거부하며 위험하고 불온한 사상으로 간주해 극심한 탄압을 받는 이유가 되었다.

1683년

메노 나이트 신자들이 윌리암 펜(william penn : 현재의 미국 펜실바니아 지역에 영국 식민지를 건설한 이로 종교적 자유 박애주의 사상에 경도되어 있었다. –역자 주)의 초청에 의해 펜실바니아 지역에 정착하기 시작하였다. 펜은 그들이 평화롭게 살면서 신앙생활을 할 수 있도록 배려해 주었다. 뒤 이어 수많은 메노 나이트 신자들이 독일에서 이주해 와 북미의 오대호 연안 및 미국 중서부 지역에 정착하였다.

1786년

미국 독립전쟁 이후 펜실바니아 지역에 거주하던 메노 나이트 신자들이 평화로운 삶을 찾아 현재의 캐나다 온타리오주 남부지역에 정착하기 시작하였다.

1800년~1900년

후발 메노 나이트 이주자들이 중유럽 동유럽 우크라이나 지역에서 이주해 와서 캐나다와 미국의 대평원 지역에 정착하였다.

1914년~1945년

메노 나이트 신자들은 사랑을 실천하고 평화를 이루기 위해 제1차 세계대전에 참전하는 것을 거부하였다. 그 때문에 많은 신자들이 투옥되는 등의 처벌도 감수하였다. 제2차 세계대전이 발발했을 때에는 이미 양심적 병역 거부가 제도적으로 인정되어 수 천 명의 메노 나이트 신자와 다른 양심적 병역 거부자들이 정신병원과 여러 기관에서 대체 복무를 할 수 있었다. 이의 직접적 결과로 정신 질환자를 간호하고 이해하는 데 획기적인 변화가 일어났다.

1950년~2000년

이런 계기들을 바탕으로 메노 나이트 문화에 내포되어 있는 긍정적이고 창조적인 역할을 사회 내에서 실현하려는 열망 및 인식의 저변이 넓어짐과 동시에 실천에 대한 사회적 필요성도 대두되었다. 이 50년 동안 수천 명의 메노 나이트 신자들이 각종 분야에서 자원봉사 재해복구 저개발국가 주민의 경제적 자활사업과 보건개선 사업 등에 걸쳐 다양하다.

현재, 메노 나이트 신자들 중에는 대대로 농업에 생활 기반을 두고 있는 가정이 많다. 그러나 도시 지역 및 여러 문화권에 속한 신자의 수가 증가하고 있다. 그들은 사회가 필요로 하는 것이 무엇인가에 귀를 기울이며 온전한 신앙은 믿음과 행동이 일치되어야만 한다는 기독교의 비전을 실천하고자 헌신하고 있다.

우리가 믿는 것은, 메노 나이트 신자들은 하나님께서 온갖 다툼에 갈라진 세상을 화해시키기 위해 예수그리스도를 보내셨다고 믿는다.

메노 나이트 신자들은 일상적인 삶에서 믿음에 따라 사는 모습으로 구현되어야 한다고 본다.

메노 나이트 신자들은 공동체를 지향한다. 지역에 거주하는 동료 신자들로 구성된 공동체로서 서로 돕고 성경을 공부하고 복음을 나누고 지역 사회에서 절망이 있는 곳에 희망을 고통을 대신 치유를 분쟁 대신 평화를 추구한다.

그들은 부녀자들은 머리에 흰 망으로 된 모자를 쓰고 처녀들은 화장기 없는 얼굴로 일하면서도 내내 밝은 표정이었다. 그들이 농사지은 감자 밀 옥수수 콩 그런 것들을 이용해서 레스토랑을 하면서 단풍

시럽(메이플시럽) 퀼트 꽃 가꾸기로 부업 아닌 생업과 농사를 광활한 대지 위에 그들의 소망을 심으며 열심히 살고 있고 걸어서 학교 가는 학생과 마차들의 행렬과 당나귀 타고 학교 가는 학생 마차들의 행렬은 문명의 세계에 볼거리라 할 수 있겠다.

옛것을 지키는 그들의 종교가 무엇인지 깊이 따지기 이전에 엄격한 질서 같은 것을 보는 것 같다.

한 삶을 가치 있게 살아가는 수필가 김정자

김 정 오
수필가, 문학평론가

8순을 2년 앞두고 제 2의 인생에 도전하는 아름다운 여인 김정자!

먼저 그녀에게 뜨거운 박수를 보낸다. 앞에 〈수필집을 내면서〉에 말했듯이,

> 4남매를 키우면서 소박한 꿈 하나 함께 키운 그 소망을 이루어주신 하나님께 감사드린다.
> – 〈수필집을 내면서〉 끝부분

얼마나 자랑스러운가? 얼마나 멋스러운가?

수필이란 아름다운 언어로 쓰여진 정서적인 글월이다. 나이를 잊고 영원한 젊음을 간직한 채 한 삶을 살아가면서 정서적이고 감성이 깃든 글월을 쓰고자 애를 쓰는 여류 수필가 김정자를 만난 것을 기쁘게 생각한다. 그녀는 언제나 오늘과는 다른 삶을 꿈꾸며, 내일을 향해 끊임없이 도전하는 열정의 화신이라고 표현해야 좋을 것 같다.

그만큼 그녀는 현실에 안주하지 않고 무엇인가 새로운 것을 꿈꾸며 앞으로 나아가는 부지런한 수필가이다. 그녀는 그렇게 열심히 살아오

면서 그동안 보고, 듣고, 느끼고, 깨달았던 여러 체험들을 진솔한 마음의 그릇에 담아 아름다운 수필로 승화시키고 있다.

그 열매가 〈장독대〉라는 이름으로 세상에 첫 선을 보이고 있는 그녀의 수필집이다.

> 장독대는 주로 부녀자들의 영역이라 할 수 있다. 모든 음식이 장독대에서 나온다. 뿐만 아니라 할머니나 어머니들의 기도하는 곳이기도 하다. 가내 평안과 자식들을 위해서 정안수 떠 놓고 빌었던 곳도 장독대이다.
>
> – 〈장독대〉 일부

그녀의 글월들은 담백하고 청신하다. 그것은 언제나 청춘 같은 뜨거운 가슴으로 세상을 아름답게 보는 마음이 담겨져 있기 때문일 것이다.

수많은 사람들은 인생의 귀하고 값진 시간을 낭비하면서 흘러 보내버린다. 이 세상에 왔다가 아무런 흔적도 남기지 않은 채 그냥 떠나버린다면 너무 아깝고, 허전한 일이 아닌가!

그런데 그녀는 수필가이기 전에 시집 《울음산》을 상재한 시인이기도 하다. 시를 쓰고 수필을 쓰는 김정자는 이 누리에 뚜렷한 발자취를 남기고 있으니 보람 있는 삶을 살아가고 있는 것이다. 그녀의 글월들을 살펴보면 다정다감하고 부드럽고 따뜻한 마음이 전편에 아름답게 흐르고 있다.

> 나는 어릴 적 먹어 보았던 송홧가루랑 개암, 나문쟁이도 샀다. 시골의 장날이 아니면 맛볼 수 없는 것이기에. 시장 뒷골목 어디쯤에서 도토리묵을 앞에 놓고 앉아서 주름진 얼굴로 하얗게 미소짓는 할머니 얼굴이 꼭 내 할머니 모

습 같아 멈칫 서서 도토리묵을 샀다. 그 옆 좌판에는 냉 콩국수랑 국말이 밥도 있었다.

– 〈예산의 추억〉한 대목

〈예산의 추억〉에서는 남편의 직장을 따라 예산에 내려가 살았을 때의 추억을 회상하는 글월이다. 그때 만났던 사람들과 여러 정경들을 그리듯이 쓰고 있다. 또 혁명가이면서 정치가로 국회의원을 지내기도 했던 아버지와 그의 아내로서 남편의 뒷바라지와 자식들 키우느라 힘겹게 살아온 〈어머니〉에 대해 쓴 글월에서는 사무치도록 절절한 그리움이 가슴 가득 차 있다.

또 우리의 전통 가옥인 〈초가집〉을 쓰면서 가을이면 지붕을 이엉으로 덮는 여러 일들을 그리듯이 쓰고 있다. 그리고 〈공동우물〉이라는 글에서는 그 우물에서 이루어진 갖가지 사연들과 애환들을 소상하게 그려내고 있다. 〈정월 대보름〉이라는 글에서는 겨레의 민속행사를 영상을 보듯 실감나게 쓰고 있다. 그런가 하면 〈아들 친구〉라는 글월에서는 자식들의 친구들까지 내 자식처럼 아끼면서 지냈다는 이야기와 그 후에도 서로 정을 나누며 지내는 여러 모습들을 쓰고 있다.

그리고 〈강포리와 강재구 소령〉에서는 두 가정이 아주 가까운 사이였다면서 의롭고 용맹스러웠던 참다운 군인으로서 온 겨레로부터 우러름을 받게 된 사연에 대해 언급하고 있다.

당시 월남 파병을 앞둔 맹호보대 중대장이던 강재구 대위가 홍천에서 훈련을 받던 중 한 부하의 실수로 수류탄이 중대 병력 한가운데로 떨어졌다. 그때 많은 병사들이 위험에 이르렀다. 그때 부하들을 구하고자 그 수류탄을 자신의 몸으로 덮쳐 29세의 꽃다운 나이에 산화하고 말았다.

– 〈강포리와 강재구소령〉 한 대목

이런 역사적인 인물과 가족처럼 지냈다는 이야기는 감동을 준다. 또 〈크리스탈 베이에 가다〉라는 글월에서는 멀리 나라밖 태국의 방콕에 있는 〈크리스탈 베이〉를 여행하면서 겪었던 여러 이야기를 쓰고 있다.

대부분의 수필가들은 체험을 바탕으로 수필을 쓰고 있다. 그러므로 수필에서 신변성은 운명이자 체질이다. 다만 자신이 겪었던 일련의 일들을 고백이나 넋두리에 그치는 글월은 문학성이 없는 신변잡기라고 한다. 문학성이 있는 수필이란 글감(소재)에 뜻을 심어 자기화 해야 한다. 다시 말해 정감이 넉넉하고 사상성이 깃든 아름다운 글월이어야 한다.

그러므로 문학적인 수필에는 서정과 이지적 설리說理*가 예술적 상상과 함께 그 바탕에 깔려 있어야 한다. 상상이란 정서적 감성을 바탕으로 하는 예술 정신을 말한다. 그것은 깊은 고뇌와 함께 오래도록 갈고 닦는 수련의 인내에서 찾을 수 있다.

김정자의 수필에서는 마음이 곱고 사물을 보는 눈길에서 인간미가 넘쳐흐르는 사고력이 큰 울림을 주고 있으며 또 좋은 글월을 쓰고자 애쓰는 모습이 잘 드러나 있다.

더욱 정진하여 다음 수필집에서도 좋은 글월들을 볼 수 있기를 기대하면서 수필집 상재를 다시 한 번 축하드리면서 글을 마친다.

*설리說理 : 여기서 설리는 말을 다스려 수필을 쓴다는 뜻이다. 說이란 〈말씀 설, 달랠 세, 기뻐할 열, 벗을 탈〉 : ㉠ 말씀 ㉡ 말하다 ⓐ 달래다 (세) ⓑ 마무르다 (세)ⓒ 기뻐하다 (열)놓아주다(탈) ⓔ 벗다(탈)理 [다스릴 리, 다스릴 이] : ㉠ 다스리다 ㉡ 다스려지다 ㉢ 깁다 ㉣ 수선하다 ㉤ 깨닫다 ㉥ 의뢰하다 ㉦ 사리 ㉧ 도리道理 ㉨ 이치理致 ㉩ 매개 ㉪ 거동 ㉫ 나무결 ㉬ 잔금 ㉭ 학문學問 · 과목의 줄인 말

장독대

•

지은이 / 김정자
펴낸이 / 김정희
펴낸곳 / 지구문학

110-122, 서울시 종로구 종로17길 12 215호(뉴파고다 빌딩)
전화 / (02)764-9679
팩스 / (02)764-7082

등록 / 제1-A2301호(1998. 3. 19)

초판발행일 / 2016년 4월 5일

값 12,000원

E-mail/jigumunhak@hanmail.net

ISBN 978-89-89240-64-8 03810